神の庭付き楠木邸

えんじゅ

[illust] OX

6

JN012518

もくじ

第1章　かずら橋をよろしく…7
第2章　自分でできるもん…31
第3章　二色の狐…43
第4章　狐の争いによる被害は甚大…71
第5章　管理人の抑えきれぬ欲望…94
第6章　いざゆかん、かの山へ…114
第7章　旧交をあたためる…147
第8章　疲れすぎた播磨の末路…185
第9章　陰陽師たち、泳州町へ出撃…199
第10章　目指せ空飛ぶハンカチ…212
第11章　はぐれ退魔師と陰陽師たち…239
第12章　魅力あふるる方丈山…277
あとがき…286

第1章　かずら橋をよろしく

梅雨が開けた方丈町《ほうじょうちょう》は、連日晴天に恵まれている。

その強い日差しは御山《おやま》にも容赦なく降り注ぎ、いまにも落ちてしまいそうなかずら橋を浮き彫りにしていた。

その橋の手前に、人だかりができている。

屈強な益荒男《ますらお》たちは、かずら橋の修繕に訪れた職人と見習いである。


その集団から離れた山道に、湊《みなと》が立っている。

今日から工事に入るとの連絡を受け、様子を見に来ていた。膨れたリュックを背負うその肩には、鳳凰《ホウオウ》が乗っている。職人を好む霊獣が、この絶好の機会をむざむざ逃すはずもなかった。

眼光を光らせる鳳凰と湊が眺めるいかつい背中の数は、ゆうに二十を超えている。

湊は思っていたことをつい口にする。

「まさか、こんな大人数に来てもらえるとは……」

「こちらも願ったりだったもんでなぁ」

後方から答える声があった。

振り返ると老いた男性が歩み寄ってくる。若干腰が曲がり、総白髪で顔や手に皺《しわ》が目立つ。外見こそ老人そのものだが、ここまでの登山もなんのその、息を切らせることもなく真っ先に登ってきた、健脚な御仁である。

彼が、かずら橋修繕の責任者——棟梁《とうりょう》だ。

湊の横に並んだ棟梁は、男たちを眺める。

「なにぶん、かずら橋自体も少なくなってなぁ。職人も減っていく一方だったんだが、近頃、職人になりたがる若者がちらほら現れてな。楠木《くすのき》さんからの依頼はまさしく、渡りに船ってやつだったよ。ついでによそにも声をかけたら、ぜひとも参加させたい若いのがいるって言うから、来てもらったんだ」

「ありがたいことです」

「腕はまだまだのひよっこな者どもだが、力だけはありあまっとる。存分に使ってやるつもりだから工事の期間はそうかからんよ」

笑い皺を深める棟梁は、その背後に突っ立つ妖怪とよく似ていた。乱れた頭髪、長い眉毛と顎ひげ。ことごとく白く、痩せぎすで棟梁の倍近く上背がある。

その妖怪——山爺《やまじじ》が見下ろす白髪頭へ、息を吹きかけた。

突然、頭上から吹き下ろしてきた風に髪がかき乱されるも、棟梁は動じない。

「ここにもいたずらっ子がおるようだなぁ」

それどころか髪を整えつつ、大口を開けて豪快に笑った。

湊は目を丸くしている。

棟梁はその視線の動きから山爺を認識していないのは明らかだ。

のっしのっしと下山していく山爺を見送り、湊は棟梁へ視線を戻した。

「――いたずらっ子とは？」

「妖怪だよ」

棟梁は悪童めいた表情を浮かべる。

「いまの妙な風は妖怪の仕業に決まっとる。お若い楠木さんは信じられんかもしれんが、山にはよくおるんだよ。山で仕事をしとるとしょっちゅうイタズラされるから、慣れたもんよ」

「ですよね～」

道具を担いだ中年の職人が通り過ぎざま、同意していった。

山とともに生きる彼らにとって、妖怪は馴染《なじ》みの存在らしい。

そんな彼らは信心深くもあった。


かずら橋の脇に、小さな祭壇が設けられている。

職人たちの手による簡素な造りのモノだが、仕事に取りかかる前、そこに供物を捧《ささ》げて全員で祈っていた。

むろん山神《やまがみ》に、かずら橋を架け直す許可を得るためと、工事が無事、安全に終わることを願って。

「ここの山にも、絶対神様がいるよな」

「ああ、オレもそう思う。ここの神さんは、どんな御姿なんやろねぇ。ひと目でええからお目にかかりたいわ」

作業中の職人たちは、やけに期待に満ちた表情で御山を眺めている。

彼らの振る舞いは決して奇異なことではない。なにせこの国の民は、すこぶる神を好む。

科学が発達した今でさえ、山で珍しい白い動物——おおむねアルビノを見かけようものなら、神かその使いかと話題になるお国柄でもある。


そんな彼らを前にして、湊はとてもではないが言えなかった。

祭壇に捧げたお神酒《みき》と干物は山神さんの好物じゃないから、たぶん来てくれませんよと。

山神さんに会いたければ、こし餡《あん》の和菓子を供えることをオススメしますよと。

北部の越後屋《えちごや》さんの甘酒饅頭《まんじゅう》を持ってきたら、ほぼ確実に釣れますよと。

喉元まで出かかったが、すんでで耐えた。

なぜなら、個神《こじん》情報だからだ。

勝手に吹聴するわけにはいかないだろう。もし信じた人びとが甘酒饅頭をひっさげて御山に門前市をなしたら、さしもの山神も困るかもしれない。

そのうえ彼らが捧げた供物は、山の神に捧げる一般的な品々だ。連綿と信じられてきた風習を塗り替えるわけにはいくまい。よその山の神様にはウケるかもしれないではないか。

悩ましい面持ちの湊を鳳凰が見上げる。

『なにやらいらんことを考えているな……』

「ん？」

気配を感じた湊が見下ろすと、鳳凰の呆《あき》れ顔《がお》に気づいて苦笑する。それから、後方を見た。

先日、ウツギの協力を得て整備した甲斐《かい》もあり、しかと蛇行する下り坂が見えている。その両脇に点在する茂みと木立の所々に妖怪たちがいて、動物体——もとより実体を持つ以外のモノもぼんやり視《み》えていた。

生来の妖怪センサーがやや鈍っていた湊だが、山に登るたび、とにかく意識していたら感度が戻ってきていた。

おかげで山神の言う通り、この山には妖怪が多いことを知った。

とはいえ一様に陰からのぞき見てくるだけで、一定の距離を取られている。

そんな妖怪たちの姿は随所にあっても、山神と眷属《けんぞく》の姿はない。

眷属たちは、遠く離れた場所から様子をうかがっているのだろう。

職人たちの憧れの存在——山神はといえば、楠木邸の縁側にいる。出かける間際、ヘソ天の姿勢で見送ってくれた。

山神にとっていまさら多くの人間が山に分け入ろうが、作業をしようが、気にすることでもないのだろう。

「おーい、そっちはどうだー？」

「もうちょい待てって――」

大声でやり取りしているのは、かずら橋の端と端にいる職人たちだ。

「おーい、まだかよー？」

「マダかよ〜？」

「だから、待て言うたやん！」

「だけん、マテ言うたやん〜！」

手元のかずらを検分していた職人たちが面を上げた。

「なんか変な声がしたぞ……」

「は？　お前が二回言うたんやろ？」

「いや、言うとらんよ」

「いんや、どう聞いてもお前の声やったぞ」

不可解そうに言い合う彼らを見て、湊が焦る。

職人たちの声を真似《まね》ているのは、妖怪――古狸《こり》だ。

湊も山の整備をしていた折に声を真似され、その毛むくじゃらの姿も見ている。どころか頻繁に現れ、己が存在をアピールしてくるかまってちゃんである。

湊があちこちへと目を配ると、近場の大木の上方にいた。

二つに分かれた枝の間に二本足で立っており、視線が合えば牙をむいて嗤《わら》い、ドンと膨れた腹を叩《たた》いてみせられた。

おちょくられている。

妖怪たちは、湊が山道を整備していた時もさんざんからかってきたから、職人たちにも同様であろうと危惧していたが、案の定であった。


半目になった湊は、おもむろに背負っていたリュックを下ろした。

そこから取り出したるは、酒瓶。半分まで引き出すと、首を伸ばした古狸が身を乗り出し、枝からずり落ちた。なんとか枝をつかみ、後ろ足と太い尻尾をバタつかせ、懸垂で這《は》い上《あ》がった。

前回遭遇した時、お酒が呑《の》みたいと言っていたから持ってきてみたが、正解であった。呑みたくてたまらないようだ。

湊はしめしめと思いつつ、酒瓶をいったんリュックへ仕舞う。「あああッ」と残念そうな声とともに大量の葉が降ってくるも、気にせず代わりに数本のペットボトル――スポーツドリンクを取り出した。

近くにいた同年代らしき職人へと差し出す。

「これ少ないですけど、よかったら飲んでください」

「お、助かる。ありがとさん！」

笑顔で受け取ってくれた。

門外漢の湊は、かずら橋には一切手を出せない。ゆえに差し入れを持ってきていた。

とはいうもののそんな湊でも、もう一つできることはある。

「では、よろしくお願いします」

「おう、任せといて」

快活に請け負ってくれた職人に背を向けた。

湊は歩きながら、小声で肩に乗った鳳凰に詫《わ》びる。

「ごめん、鳥さん。職人さんたちの仕事をあんまり見せてあげられなかった……」

『気にするな。まだはじまったばかりだ。これからも機会はあるだろう』

胸を膨らませるひよこの機嫌は悪くないようだ。

そしてリュックからふたたび酒瓶を取り出し、身体《からだ》の前に持ってきて掲げた。

斜め前方の枝にまたがる古狸の様相が一変する。全身の毛を逆立て、眼《め》を血走らせて盛大によだれを垂らした。その様は、まさしく血に飢えた獣のごとし。

古狸は酒瓶から視線を外さず枝から枝へと跳び移り、下山する湊を追う。そのあとをいくつもの影が同じようについていった。

そう、湊は職人たちにちょっかいを出す妖怪たちを惹《ひ》きつけておくことはできるのだ。

湊はこの世に生を受けた時から、座敷《ざしき》わらしと接してきた男である。

実家には他にも多くの妖怪が出入りしているため、彼らの扱いにも長《た》けていた。

かずら橋から十分距離を取った湊は、ややひらけた場所で足を止めた。

登山道を駆け下り、木々を跳び移り、茂みを掻《か》い潜《くぐ》り、追っていた影たちが一斉に取り囲む。

佇《たたず》む一人の人間を中心に、ドーナツ状の妖怪網ができた。人型もいるが、ほとんど獣型だ。いまにも飛びかかってきそうなそれらが、鮮明に視えている鳳凰の眼光は鋭い。

しかしいつものことだ。とりわけ反応をすることもなく、静観している。

湊は真正面に二本足で立つ古狸へと酒瓶を差し向けた。

「このお酒いる？　ほしい？」

「もちろん、いる！　ほしい！　くれ！」

進み出てきた古狸は、もどかしげに前足で宙を掻く。呑みたくてたまらない様子なのは一匹だけではない。周囲にいる妖怪たちもジリジリと距離を詰めてくる。

それを知りながらも、湊は平然と告げた。

「あげてもいいけど、一つ条件がある」

「――なんだ？」

警戒したのか、全員がやや後退した。

「職人さんたちの仕事の邪魔をしないと約束してほしい」

湊は挑むように要求した。

しばしの間を置き、古狸は苦々しそうにつぶやく。

「――それは、ひどく難しい」

「素直だなぁ」

いかにも妖怪らしい返事に苦笑するしかなかった。

なにせ彼らは、イタズラが大好きなのだから。


ともあれ実家に出入りする多くの妖怪とは、ここまで明瞭に会話をした経験はない。彼らは話しかけてこなかったからだ。

山神曰《いわ》く、おそらく元締めである座敷わらしが止めていたからであろうとのことだ。

それはいいとして、妖怪の中には突然眼前を横切ったり、耳元で大きな物音を立てたりする困ったイタズラを仕掛けてくるモノもいた。その際はやめてくれるようお願いし、対価——たいていお菓子を与えたらそれ以降、繰り返されることはなかった。


ゆえに妖怪も神と同じく一度了承した事柄は、必ず守る性質だと湊は知っている。


そのうえ単なる直感であったが、古狸は御山に住まう妖怪たちの長だと思われた。彼と交渉が成立したあかつきには、他の妖怪たちもその意に従うはずだ。

もし彼らがイタズラをしても、棟梁や年配者なら軽くあしらえるだろう。

けれども、若手はそうはいくまい。肝が据わっている者ばかりには見えなかった。

無駄に工事を長引かせたくない。まして中止になど絶対にさせはしない。

真剣な顔つきの湊は、しかと古狸と視線を合わせた。

「約束してくれないなら、お酒はあげないよ」

「むむぅ……」

古狸はどっしりと座り込み、腕を組んで悩み出した。そんな妖怪に向かい、周囲のガヤ——妖怪たちが囃《はや》し立《た》ててる。

「なぁ、はいって言えって！　了承しろって！　オレはもうちょっかい出さないから！　早くお酒呑みたいから、はいって言えー！」

「おいおいおいおい、なんで悩むねん。ちょっとした頼みゴトぐらい聞いてやってもエエやんけ！　ウンって言うだけでお酒もらえるんやぞ。ワイもイタズラするの我慢するさかいな！」

「古狸さん、なにをためらうことがありましょうか。ひさびさのお酒ですぞ！　あの酒瓶は銘酒《めいしゅ》ですぞ！　イタズラは……もっとしたいけれども……！」

びゅおっと突風が吹いた。

妖怪たちがふらつくほどの勢いがあったにもかかわらず、湊の立っている場所だけは無風だ。言わずもがな、風の精の仕業である。

イタズラなら我らにお任せ、とばかりに古狸の正面を数多《あまた》の風の精が陣取り、口から風を送り出し、茶色い体毛を逆立たせている。

風に翻弄される古狸を見て、湊が眉尻を下げた。

「あんまりイタズラしたらダメだよ」

風の精は頼もしいが、いかんせん加減知らずで図にも乗りやすい。風の精たちは口を尖《とが》らせたまま上空へと飛んでいく。

見上げて見送った湊が顎を下げると、妖怪の輪が広がっていた。警戒されたようだと、内心で苦笑した。


そうして口を引き結んでいた古狸が、ようやく声を出した。

「――いいだろう。約束しよう、職人たちにはちょっかいを出さないと……！」

ここに契約が成立した。

湊を射るように見る、二本足で立つ古狸の姿はやけに貫禄《かんろく》がある。

けれども前足をそろえ、ちょうだいと差し出してくる格好は滑稽である。湊は半笑いで一歩進み出た。

「ありがと。じゃあ、このお酒をどうぞ。みんなで呑むには少ないだろうけど」

「構わん。他のモノらにはセイゼイひと舐《な》め程度しかやらんわ」

妖怪たちが一斉にいきり立つ。

「なんやと!?」

「ズルい、ズルい、ズルいー！」

「こんのケチ腐れの古狸《ふるだぬき》め！」

大ブーイングが起こる中、酒瓶を抱きしめた古狸は陽気に躍った。

その狸を先頭にした群れが木立の奥へと消えていく。騒がしい彼らが去ったあと、鳳凰がふっと息をついた。眠いようだ。

「帰りますか」

『――うむ』

小さな頭がふらつき出した。

これはまずいと湊はひよこをつかんで、胸のポケットに入れた。身じろぐこともなく、あっさり眠りに落ちたようだ。

相変わらず、所構わず寝落ちしてしまう鳳凰であるが、起きている時間は格段に長くなってきている。

「そろそろ、元の体に戻るのかな……」

鳳凰は一度だけ、湊の危機を山神に知らせるために元の形態に戻ったことがある。

とても美しい姿であったと頭に思い描きながら歩を進めていれば、片方の横髪がはねた。

風の精が何かを伝えてくる合図だ。

歩みを止めると、複数の高揚した声が聞こえてきた。

『おい、見ろ！　白い動物がいるぞ！』

『どこや!?　山神様の使いか!?』

『たぶん！　あっちだ、あっち！　あの岩の陰！』

『――いや、ちゃうやん。ありゃあ、ただのリスやろ。そこまで白くもないし』

『マジだわ。なんだよ、期待させせんなよ……』

複数の若い男の声に続き、しわがれた大喝も響く。

『バカモン！　いつまで浮ついとるか！　はよう、かずらを引っ張れ！』

はーい、へーイと複数の返事が入り乱れたのち、声は途絶えた。

湊は呆《ほう》けたような顔になっている。

風の精から人の会話を聞かされたのは、はじめてであった。その声たちは、かずら橋の所にいる作業員たちと棟梁だったのは紛れもない。

「――なるほど、風神様が言っていたのは、このことだったのか」

風神がいろいろな情報に通じているのは、風の精があらゆる場所で聞いた音や声を真似て教えてくれるからだと以前聞かされたことがある。

その時、もう一つ言っていた。

――君が彼らに気に入られたら、君の声を遠くまで届けてくれるようにもなるよと。

「それはどうだろう……」

いまいち信じられなかった。

首をめぐらせても、依然として風の精の姿は視界に映らない。

けれども気配は感じ取れるようになってきてから、いくつもの存在がわかる。

腕をかすめていったコ、頭上にホバリングよろしく浮いて、頭頂部に円を描くように風を吹き込んでくるコ、正面から飛んできて腹部をぐるりと一回りして離れていくコも。

湊はつい、笑ってしまった。

「みんな自由だ。らしいけど」

誰も彼も枠にも型にも囚《とら》われない、勝手気ままに好きなように動いている。

おそらく己のことは、いいおもちゃ程度にしか思っていないだろう。

今し方、古狸をターゲットに遊んでいた彼らを諌《いさ》めたらやめてくれたのも、たまたまだったに違いない。

作業員たちの声を届けてくれたのも、単なる気まぐれであろう。さほど意味のある会話でもなかった。

そんな彼らを御せるなど、微塵《みじん》も思っていない。考えたこともなければ、これからも思うことはないだろう。

彼らは風の子。その名の通り自由であってほしい。

「よし、帰ろ。――うわっ」

足を踏み出すと、背中に風の塊を当てられた。

好き勝手に振る舞う彼らに、遠慮なぞいらぬ。湊もはばかることなく物申す。

「くだりは楽だから、追い風はいらないよ！」

大荷物だった登りの追い風は大変ありがたかったが、リュックが軽くなったいまは勢いがつきすぎて恐ろしい。

一歩が異様に幅広い湊が騒ぐ中、その周囲を楽しげに笑う風の精たちが蜂のように飛び交った。

◯

あくる朝。神の庭には、いつも通り穏やかな時間が流れていた。とうとうと流れる滝の音に、筧《かけい》から手水鉢《ちょうずばち》に落ちる水音が重なる。

それらの音を縁側から聞くのは、山神、鳳凰、麒麟《キリン》。そして、湊だ。

縁側に腰掛ける湊は、広げた画帳の上でペンを動かしていた。時折上がるその視線の先に、麒麟がいる。地面を踏みしめ、顎を上げて尻尾の先の毛まで広げ、やけに気取ったポーズを取っている。

木彫りの下絵用のモデルを務めていた。

その艶姿《あですがた》を眺めるのは、湊画伯のみである。

山神は座布団で丸くなって尻尾に鼻を埋《う》め、湊の肩に乗る鳳凰は、片時も画帳から視線を逸《そ》らさない。

『鳳凰殿、たまにはわたくしめの方を見てもよろしいのでは？』

『見慣れている。いまさら見る必要はない』

麒麟が鳳凰にすげなくあしらわれているが、その会話が聞こえない湊のペンが止まることはない。

鳳凰は軽く息をつき、乗り出していた身を下げた。

『うむ、見事な下絵よ。簡素ながらも、しかと特徴を捉えている。まさか絵まで描けるとは……。やはり器用な人間は、たいがいのことはこなせるものよな』

『──確かに、そういう者もいますね。しかしごくごく稀《まれ》ですよ。一芸すら秀でていない者の方がはるかに多いでしょう』

人間嫌いながらも人間観察を好む麒麟はそっけなく答えた。

そうこうしているうちに湊がペンを置き、絵と麒麟を見比べはじめた。

ますます麒麟の顎が上向くと、湊は頷《うなず》いた。

「よし、できた。麒麟さん、モデルありがとうございました」

『よろしいのです。ではでは、わたくしめも拝見しましょう──』

トンとひと蹴りで湊の頭上を越え、背後に回る。一メートル以上離れた位置から首を伸ばした。

相変わらず、人の身である湊から距離を取ろうとする。

それを承知している湊も、画帳を傾けて見やすいように配慮した。

『ほほう、素晴らしい……。いつぞや忌々しいことに見られてしまった際、勝手に描かれた物より万倍もお上手です』

『ああ、余にも覚えがある。たまに勝手に写す不届きなやつがいるからな……』

『至る所の建築物に鳳凰殿のモチーフが使われているのは、貴殿が人間らに姿を見せすぎなだけだとわたくしめは思います』

『そうでもないだろう』

とぼけてそっぽを向く鳳凰を麒麟が半眼で見やる。

そんな二匹の様子を見ていた湊は不安にかられた。

「麒麟さん、似ていなかった？　気に入らない？」

麒麟が首を左右へ激しく振る。

『いいえ、いいえ、まさか！　よく似ております。気に入らないなんて滅相もございません！　大満足です！』

「満足しておるぞ」

頭を上げた山神が代弁した。

「そっか、よかった。じゃあ、木を彫ろうかな」

座卓に向き直る湊を見た麒麟の眼が輝く。

『ようやく、ようやく！　わたくしめの木彫りができるのですね……！　完成したあかつきには加護を与えるのは、やぶさかではありませんよ』

ふんぞり返る麒麟を山神が一瞥《いちべつ》する。

『湊が求めておった金額は、すでに達成しておるぞ』

『そうなのですか。しかしこれからも木彫りを売り続けるのでしょう？』

『そのつもりのようぞ。いづも屋の店員に卸し続けてほしいと乞われたと湊が云《い》うておったわ』

『ならば、バンバン売ればよろしいのです。求められる内が花とも申しますし、銭はいくらでもあった方がいい。なにせ人間は、生きているだけで銭がかかる生き物ですからね』

したり顔の麒麟を見下ろし、鳳凰がポツリとつぶやく。

『酒呑みの余らもなかなかの金食い虫であるが……』

こちらは身を弁《わきま》えているようだ。


さておき湊は、とっくに橋梁《きょうりょう》工事代を稼ぎ終わっていた。

和雑貨店――いづも屋に卸した、最初の舟二艘《そう》だけでである。

先日、その旨を店員からの電話で知った湊は、顎が外れかけた。

とはいえ当然であったかもしれない。

何しろただの木彫りの舟ではなかった。世界に二つとない御神木クスノキを用い、そのうえ帆には霊亀《レイキ》と応龍《オウリュウ》の抜け殻を張った。さらには麒麟と応龍がふんだんに加護を与えた代物であったのだから。

おかげで店員が金額を決められないと言い出し、ならばと買い手に委ねる契約を結んだ。

その結果、二千万円もの大金が手に入ってしまった。

購入者は、二人の常連客であったという。

個人情報は漏らせないからか、詳しくは教えてもらえなかった。だが卸したその日、楠木邸に帰り着く間際に知らされたから、一つは播磨才賀《はりまさいが》の父――宗則《むねのり》が購入したと思われた。

あの日、悪霊に憑《つ》かれて命からがら湊に助けを求めてきた宗則は、除霊効果も高い木彫りを何がなんでもほしいと言っていた。店名を教えるやいなや、疾風の勢いで駆けていったからだ。無事入手できたのならば、喜ばしいことである。


湊は麒麟の下絵を切り抜き、型紙にして角材に当てた。

「そういえば、実家の方のキーホルダーはどれくらい減ったんだろう」

突然の発言に、伏せた山神が鼻息を長々と吹き出した。

「盗《と》られて当たり前という考えは、いかがなものかと思うぞ」

「――まぁ、うん。そうだね。兄さんに相談してみようかな……」

父はおっとり。母は大雑把。両親はまったくもって期待できないが、わりと厳しい性格の兄と話し合えば、よき知恵が浮かぶかもしれない。

湊が型紙のアウトラインを角材に写していると、座卓に置いていたスマホが震えた。

「お、メールだ」

画面に表示されているのは、兄の名であった。

「噂《うわさ》をすれば影がさすってやつかな」

画面を操作し、文面を読んだ湊の目が見開かれた。

それを見た山神が、訝《いぶか》しげに鼻梁《びりょう》を寄せる。

「いかがした」

「――ここ最近、キーホルダーと表札があんまり盗られなくなってきたんだって」

「ほう、よかったではないか。して、なにゆえ」

「わらしさんが盗った人たちになにかしてるんじゃないかって、兄さんは思ってるみたい」

「よく知れたものよ。兄はおろか、他の血縁者も妖怪とはろくに意思の疎通も取れぬであろうに」

「わらしさんに聞いたんじゃなくて、お客さんたちが部屋で話している噂を耳にしたみたい」

客たち曰く、盗った者たちが相次いで不幸な目に遭っているという。事故・事件に巻き込まれたり、自ら起こしたり。いずれも命に別状はないとのことだが、長期入院する羽目になった者も少なくないらしい。

その情報がかなり出回っており、恐ろしくて窃盗はできない。さらにはこの部屋に入った時から正体不明の視線を感じて、怖いとも言っていたようだ。

湊は深く息をつき、スマホを座卓に戻した。

「噂だろうからどこまで本当のことかはわからないよね。まぁ盗難が減ったのはよかったけど、わらしさんに手間をかけさせたかもしれないのか。申し訳ないな。——もういっそ、宿でキーホルダーだけでも販売した方がいいのかな」

「その方がよいかもしれぬぞ。紛れもなく需要はあるゆえ」

湊が手にする角材——御神木クスノキを見やった山神が顎を前足に乗せる。

「むろん希少なクスノキは使わず、な。ただの板切れにでも微量の祓《はら》いの力を込めて、ちと彫ってやるだけでよい」

「材料はわかるけど、力は手抜きしろってこと？」

「それだけで十分ぞ。お主の力はかねてより格段に上がっておる。さらりと一筆書きの要領で彫りさえすれば、先日の呪符《じゅふ》とやらよりはるかに強力な符となろう」

つい最近、播磨に持ってきてもらった多くの呪符のことだ。見ていないようでしっかり見ていたらしい。

「山神さんがそう言ってくれるなら、そうしようかな」

兄は以前から窃盗犯たちに対して『なぜ素直に売ってくれと言わないのか』と憤っていた。確かにどうして告げてこないのかは謎のままだが、販売しようと提案したら、家族は誰も反対してこないだろう。


正直、手抜きでもよいならありがたくはある。

ここのところ、湊は木彫りにハマっており、数をこなせばこなすほど技量が上がっていく実感もあり、楽しくてやりがいも感じていた。

ほぼ趣味と化しているが、できる限りこちらに専念したかった。


ふたたび湊は木彫りの作業に入った。その光景をやや離れた場所から見ていた麒麟が顔を上げると、川から霊亀と応龍が這い上がってくるところであった。

竜宮門からご帰還である。やや千鳥足なのは、向こう《竜宮城》でさんざん呑んできたせいだろう。

ヒゲをしならせた麒麟が、応龍のもとへ跳ねる足取りで近づいていく。

『応龍殿！　わたくしめの木彫りが先になりましたよ！』

『なにッ!?　其《そ》の方、抜け駆けしよったな！』

『霊獣聞きの悪いことを言わないでください！　貴殿が遊び呆けているからですよ！』

待ち構えている応龍の頭部に麒麟が突撃した。

のったりまったり。縁側へと鈍足で進む霊亀の後方で、二対の角の激突による真珠色の粒子が舞い散る。

角を突き合わせた麒麟が後方へ押しやられ、グッと四肢を踏ん張るも、さらに退《しさ》った。

『応龍殿ッ、青龍《せいりゅう》殿の力を使うのは卑怯《ひきょう》ですよ！』

『やかましい！　持てる力は使えばよいのだ！』

『それでも霊獣ですか!?』

『其の方も使えばよいだろう、白虎の力をな！』

『お断りします、絶対にいやですッ』

そんな会話は、小刀で荒彫りを行っている湊の耳には一切入らない。

一心に木を削り続ける湊から視線を逸らした山神が、眼を閉ざして横たわった。

『いろいろと聞こえぬ方が幸せよな』

『ああ、なかなかのやかましさだからな』

湊の肩に乗る鳳凰も同意し、よっこらせと縁側に上がった霊亀も『言えとる』と頷いた。

庭の中央のクスノキが、縁側で絶え間なく散る木くずに合わせるように、樹冠をゆらしている。その頭頂部から一枚の青葉が落ちた。地面に落下する直前、風に流されて石灯籠の傘にふんわりと乗った。

その中で眠る神霊を起こしてしまわないように——。

第2章 自分でできるもん

山神家の新入り、神霊は元人型である。

しばしの眠りから目覚めた神霊は、山神に与えられた新たな体——エゾモモンガの形態になかなか慣れず、動作がぎこちなかった。

何はともあれ新しい体を使いこなせるようになるべきだ、と考えた湊の提案により、山神お手製のボールが与えられた。

神霊のやる気を引き出すために、その中には特別なみかんが仕込まれている。香り高く、味は極上。いかなる神をも虜《とりこ》にすると噂の神の実だという。

それは、ボールを三キロ転がさなければ出てこない仕掛けになっている。

神の実を食べたい神霊は、とにかく頑張った。がむしゃらに頑張った。

つい二本足で追いかけたくなる衝動を抑え、四つ足になるとやけに近くなる地面からなるべく眼を逸らし、みかんの芳香に翻弄されながらも、ひたすらボールを転がし続けた。

時折、気がついたらボールにしがみついていたのはご愛嬌《あいきょう》であろう。

そんな過程を経て、ゴールの三キロまであと一歩の段階まできていた。

神の庭の小径《こみち》を赤いボールが転がっていく。そのあとをエゾモモンガが追いかける。追いついたら鼻ですくい上げるように飛ばし、また迫ったら前足で蹴っ飛ばした。

心なしか、みかんの芳香が強くなった。

あと少しだ。あと少しで食べられる……！

せかせかと四肢を動かすエゾモモンガの黒眼が燃え上がった。


ボールと小動物が庭を駆けめぐる姿を、クスノキのそばで箒《ほうき》を手にした湊が眺めている。

「走る動作がサマになってきたな。だいぶ速くもなってる。本物のエゾモモンガに引けを取らないかも。――あ、本物は、樹上生活中心であんまり地上に降りないんだっけ？」

クスノキの樹冠がざわざわと震え『そうだ』と告げた。

湊が落ち葉を集めていると、その鼻を甘酸っぱい芳香がくすぐった。

「お、いよいよ三キロ到達かな」

見れば、縁側付近で停止したボールを見つめるエゾモモンガの姿があった。

ボールがうっすら透けている。徐々にその透明度が増して消えたあと、橙色《だいだいいろ》の果実があらわになった。

てっぺんに小さな葉が一枚ついたそのみかんを、神霊は宝物に触れるような仕草で持ち上げた。

湊の位置からは見えていないが、盛大なよだれを垂らしている。

神霊は眼を輝かせながら、皮をむこうとした。

が、ツルツルと滑ってむけない。鉤爪《かぎづめ》を立てても同様に。

ならば、と大口を開けて噛《か》みついてみる。

けれどもおちょぼ口に相手は大きすぎた。全然歯が立たない。多少傷つけることには成功したようだが、魅惑の香りが強まってしまい、もどかしさに地団駄を踏んでいる。

神霊が上目で庭の中心を見やれば、湊が歩み寄ってくるところであった。みかんを持ち上げ、突き出す。

「はいはい、俺がむきますよ」

湊がみかんをつかんでも神霊の前足が離れない。ギラつく眼が怖い。

手放したくない、盗られたくない。ありありとそうわかる態度に湊はやや引いた。

どうにかこうにか渡してもらい、屈《かが》んだ湊が皮に指を入れた。

「うわっ、香りがますます強くなった！　や、ヤバい、食べたくなる……！」

急激な飢餓感に襲われ、口の中に唾液がにじんだ。いますぐにでもかぶりつくたくなるが、必死に抗《あらが》った。

なぜならこの実を一粒でも食べようものなら、たちまち不老不死の肉体になってしまうからだ。

それを知っているかつ望まない湊は、なるべく早く神霊に食べて《処理して》もらおうと急ピッチで皮をはいだ。

その周囲をエゾモモンガがうろちょろし、ぴょんぴょん跳んで、湊の膝に登ろうとまでしている。

神霊は、まだ精神が幼い。

さして知識もないため、湊が顔をひきつらせている意味も理解できておらず、早く食べたい、それしか頭になかった。

「――はい、どうぞ」

ようやくむき終えた湊が、一房差し出した。

実はその動作すら、多大なる努力を要していた。己の口に運んでしまいたい、独り占めしたくてたまらない気持ちが次から次にわき起こってくる。

魔力とも称すべきその吸引力に抗える人間は、極めて少ない。

それを一心不乱にみかんをむさぼるエゾモモンガと、両目を閉ざして己と戦い続ける湊は知らない。

縁側の座布団に寝転んだ大狼だけは、むろん承知していた。

『まっこと感心よな』

笑い交じりにつぶやき、寝返りを打った。

早々と神の実を平らげた神霊は、名残惜しそうに指を咥《くわ》えている。そのいじましい姿を眺める心の余裕は、さしもの湊にもなかった。

みかんの汁がついた手を、手水鉢の筧から流れ出てくる水で執拗《しつよう》に洗い流す。

「――あ、危なかった……」

神水のおかげで匂いもさっぱり消え、その冷たさで冷静さも取り戻せた。

「さすが神の水。本当にありがとうございます」

濡《ぬ》れた手を合わせ、拝んだ。とろとろと流れ落ちる神水を受け止める手水鉢には、蓮《ハス》の花が浮かんでいる。

今日起きたら、新調されていた。その清楚《せいそ》な佇まいは、目にするだけでも心が凪《な》ぐというもの。しばし鑑賞したあと振り返ると、神霊はまだ指を咥えていた。

「あー……」

その前足や口元から胸にかけて、みかんの汁がべったり付着している。最初の頃より、格段に食べるのがうまくなってきていたが、神の実の美味さに我を忘れたのだろう。

眉尻を下げた湊の表情と気の抜けた声に、神霊もようやく自らの状態に気がついたようだ。束になった毛並みを整えようと、鉤爪でしきりに口元から喉元を引っ掻く。

「そんなに強くしたら毛が抜けてしまうよ。洗った方がいい。温泉に入ろうか」

動きを止めた神霊が見上げてきた。指をワキワキさせ、期待している。

「ちょっと待っててね」

縁側へと向かった湊が手に取ったのは、木桶《きおけ》。そのまま露天風呂へ湯を汲《く》みにいった。

先日、妙にお疲れ状態であった神霊を見かね、試しに木桶風呂をすすめてみたら、存外素直に入ってくれた。それから時折浸《つ》かるようになっている。

湊は温泉から汲んだ湯の入った木桶をエゾモモンガの目の前に置き、片手を差し伸べた。

「さぁ、どうぞ。こちらにお乗りください」

ややふざけて言うと、神霊はためらうことなく跳び乗ってきた。木桶に自ら入れないため、毎回このようにして運んでいる。

手のくぼみに収まる、ふわもこ。その感触に、毎度しまりのない顔になりかけるも、表情筋を叱《しっ》咤《た》して耐えた。

今日は神霊からみかんの香りがするから、悠長にその毛並みを楽しんでいる時間はない。早くせねば。

ちゃぽんと、木桶の中央へ浸けた。お湯は少なく、その身の半分程度しか入っていないのは、神霊の動作は申し分なくなってきたものの、泳げるかわからないからである。

湊がプールの監視人よろしく見守る中、エゾモモンガは前屈《まえかが》みになったり、横向きになったりして、その身をまんべく濡らそうと努めている。ついでとばかりに頭部も洗い出した。

一連の動作が完全に人間めいている。

そこは致し方ないだろうと、湊は黙して眺めた。温泉の消臭・洗浄効果はてき面で、匂いも毛束もなくなり、心安らかに見守っていられる。

神霊はひと通り体を洗うと、動きを止めた。

ただ座して、ぼんやりしている。半眼のうえ、軽く口も開けているせいで、おっさんのような佇まいである。しかしながら見た目が愛らしいのでたいそう和む。

そのまま寝てしまうこともあり、湊はいっときも目が離せない。

案の定、頭部が横へと傾きはじめる。

「そろそろあがろうか」

湊はエゾモモンガをそっと引き上げた。


神霊は必死に瞼《まぶた》をこじ開けようと頑張っているが、抗えないようだ。両手の中でくったり力が抜けた体はグニャグニャで、なおかつ濡れたままである。

本来、神とその眷属や霊獣は、温泉や川から上がった瞬間に乾いている。

けれども神霊は違う。眠いからではない。乾燥させることができないからだ。

山神曰く、いまだ生来の神の力を使いこなせていないゆえだという。

湊はタオルでエゾモモンガの水気をあらかた拭き取るや、両の手のひらから風を出した。

その風量、まさにドライヤー（中）である。

風神に力を貸し与えられた直後から、己が髪を乾かすために利用し続けてきたおかげで、お手の物だ。

ちなみに風の温度は高い。己のためだけに力を遣っていた時は『生ぬるくても別にいいか』という適当さであったが、『神霊を早く乾かさねばならぬ！』と意気込んだ途端、温度を上げることにも成功していた。

「あ、もうちょっとしっかりタオルドライすべきだった……」

なにぶん神霊がほとんど寝ているため、起こさないよう細心の注意を払わなければならず、あまり拭き取れなかった。

湊の声が聞こえたのか、突然エゾモモンガの眼がかっぴらいた。

「あ、ごめん。起こしちゃったね」

もぞもぞと身を起こし、手のひらの上で二本足で立った。いまだ濡れた被毛はぴったり張り付いて、元から小粒な神霊がさらに小さく見える。

その神霊が、湊の手から跳び下りた。

「待って、まだ乾いてないよ！」

下にはちょうど石があった。平たいその上に着地したエゾモモンガが、こちらを向いた。

瞬間、その体が炎に包まれた。

陽炎《かげろう》のごとき赤い火が小柄な身をすっぽり覆っている。

「なっ」

目をむいた湊の行動は素早かった。

大股で一歩横に踏み込み、地面に置いたままだった木桶をひっつかみ、エゾモモンガ目掛けてぶちまけた。

温泉も神の水である。いかなる炎であろうと、消せるはずだ。

咄嗟《とっさ》にそう判断した通り、水がエゾモモンガにかかるやいなや、じゅわっと音が鳴ってあっさり鎮火した。

あとには、全身ずぶ濡れのエゾモモンガのみが残された。ヒゲから、顎から、尻尾からポタポタと雫《しずく》を垂らしている。

「大丈夫!? 毛は燃えてない!? 火傷《やけど》してない!?」

慌てた湊が問うや、エゾモモンガはぷるぷる震え出した。その身は白いままだ。燃えてもいなければ、火傷など一箇所たりともあるはずがない。

当然である。炎は自ら出したのだから。

エゾモモンガは数回地団駄を踏むや、ダッと駆け出し、屈んだ湊のスネを前足でポカポカと叩いた。

火傷どころか、活《い》きがよすぎることに湊も安堵《あんど》しつつ、その態度は解《げ》せない。

「怒ってる? なんで? というか、あの火はいったい……?」

「そやつは己で火をおこし、毛を乾かそうとしておったのよ」

縁側から山神が説明してくれた。座布団に横臥《おうが》して眼をつぶったまま、ふさりと尻尾を振る。

「自分でおこした……。じゃあ神霊は、火を扱えるんだね」

「左様。いくら力の扱いが下手であろうと、己が身を燃やすようなヘマはせぬ」

「そっか。邪魔してごめんね」

叩くのやめた神霊が湊を見上げた。

言葉は発しないが、大きな黒眼が雄弁に語っており、まだ拗《す》ねているようだ。よほど悔しかったらしい。

「でも、なんでいきなり自分で乾かそうとしたの？　今までしなかったよね」

「たいがいお主が乾かしたあとに目を覚ましていたからであろう」

「あ、そうだった」

いつも完全に乾燥させてから石灯籠に収容していた。

片眼《かため》を開けた山神がちらりと神霊の横顔を見やる。ふるっと微弱に震えるも、山神は頓着しない。

「そやつは、お主の手を煩わせないようにしたかったようぞ」

「ああ、そうだったんだ。気にしなくていいよ。乾かすぐらい大した手間でもないしね」

本心であった。しかもやや楽しんでいた。

なにせ山神をはじめ、四霊はまったく手がかからない。その身が臭うこともなければ、排泄《はいせつ》もしないため居場所が汚れることもない。

ただ金がかかるだけである。

とはいえ四霊パワーによって、金に不自由はしていない。どころか、湊の口座は雪だるま式に膨れ上がる一方だ。

「なに、甘やかさずともよい。そやつは自立心旺盛ぞ」

山神が告げると、神霊は湊のそばを離れ、ふたたび石の上に乗った。

湊は思う。確かになと。神霊はなんでもひとまず自らしようとする。

木桶温泉をすすめた時も自力で木桶によじ登って入ろうとしたし、体も自分で洗った。できない時だけ、湊の手を借りようとする。

神霊は子どもでもない。変に甘やかすのはよくないだろう。

湊は黙って、濡れそぼるエゾモモンガを見守った。

おもむろに立ち上がった神霊は、両の拳を握った。

むんと力んだ途端、一挙に炎がその身を取り巻いた。鮮やかな赤い火には、不思議と目が離せない魅力があった。

「綺麗《きれい》な色……」

思わず、湊はつぶやいていた。

人がおこす見慣れた火とは、似て非なる色に思えた。そのうえ、雷神の雷から発せられるすべてを焼き尽くす荒々しい火とも異なる。

その炎自体がやわらかそうに見えるのは、中心にいるエゾモモンガのおかげだろうか。

しかし、しばらく経《た》っても毛が乾く様子はまったくない。エゾモモンガがさらに気張るや、炎が大きくなった。その御身の三倍はあろう。

「おおっ」

湊が感嘆の声をあげるも、やはり体毛は一向に乾かず、張り付いたままだ。

エゾモモンガの表情が険しくなり、頑張っているのが見て取れた。

ふたたび炎が大きくなるかと思いきや、違った。

逆に小さくなり、色が変化する。赤から橙、そして黄色へ。

温度が上昇するにつれ火の玉のような形をとりその色はますます鮮明に、美しくなっていく。

が、湊はうっすら身の危険を感じ、数歩下がった。

直後、ボンッと音高く破裂。

湊が元いた場所まで、火の粉が飛び散ったあと炎は消え、一道の白煙が上がった。

そして煙の下には、ボサボサになったエゾモモンガがいる。

自らの手でごわつく毛をなで、ちりちりになったおヒゲに触れ、その残念な仕上がり具合に気づくや、がっくり項垂《うなだ》れた。

「はじめてなら上出来だよ！」

湊は褒めながらも、提案した。

「でもちょっと見た目が悪いから、櫛《くし》でとかそうか？」

ククク ッ。山神の低い笑い声が、午後の神の庭に長く木霊《こだま》した。

第3章　二色の狐

自由業の湊は、仕事の時間も休日も好きに決めることができる。就業日および就業時間を厳密に決められている者からすれば、羨ましい環境であろう。

けれども自己管理のできない者にとって、自由すぎるのは善《よ》し悪《あ》しなのである。

遊び呆けてばかりで仕事が進まなかったり、加減なく仕事をしてしまったり。湊は後者のタイプで、終わりの時間も休日もなく延々と働くのだ。

そんな毎日を送っていれば、身が持たなくなるのは当然だろう。疲労回復効果の高い温泉のおかげで身体の方はなんとかなっていたが、祓いの力はなかなか回復しなかった。

つい最近までそんな状態であったが、現在は違う。

休憩時間・就業時間のお知らせはスマホのタイマーに頼り、そして、休日も決めた。週休二日である。

『今頃決めたの？』と母に驚かれたが、湊だからと納得もされた。

なにせ、年がら年中こまねずみのごとく働く男なのだ。

前置きが長くなったが、湊は休暇を満喫すべく、朝からまったり過ごしていた。

むろん楠木邸の縁側で、である。

湊曰く、遊びに出かけたら休暇にならない。体を休めることこそが目的なのだから、さらに疲れてどうする。家でゆっくりするのが一番だ。

二十代半ばにして精神が老成した男にとって、当たり前の休日の過ごし方であった。

その湊に付き合う面々がいる。座布団に埋まった大狼、滝壺《たきつぼ》周辺とクスノキの根元にそろった四霊、石灯籠で眠る神霊である。

彼らを見渡した湊がつぶやいた。

「みんなのんびり過ごしてるようで、なにより」

「――うむ」

うとうとしている山神がスローで相槌《あいづち》を打つ中、湊は御山へと目をやった。

青空と緑の稜線《りょうせん》が明確に分かれている。いま時分、その緑の下方で、大勢の職人たちがかずら橋を架けていることだろう。その様子を木の上から眷属たちが眺めているかもしれない。その近場に妖怪たちも潜んでいる可能性もある。

彼らは約束を違《たが》えず、職人たちにちょっかいを出していないとセリが言っていたから心配はいらない……はずである。

「明日、工事の様子を見に行こうかな」

「そうさな――」

山神の頭部がガクガク前後する中、湊は庭へと目を転じる。真っ先に視界に飛び込んできたのは、もちろん庭の主役たるクスノキだ。湊の胸部の位置まで樹高が伸びた神木は、今日もご機嫌である。朝方、たっぷり神水を浴びた樹冠を振って、輝きを振りまいている。時折ポロリと落ちる葉がクスノキの周辺を回ったり、空に舞い上がったり。再度地面に落ちてから、また空へ上がったりと不自然極まりない動きをしているのは、風の精の仕業である。

いま神域は閉ざされている。そのため頻繁に訪れる野鳥たちは入ってこられないが、風の精たちはお構いなしに入ってくる。山神も咎《とが》めないため、彼らもまったく遠慮しない。

とはいえ、庭中を飛んで葉を吹き上げて遊ぶくらいで、さしたる害はない。

縁側のそばを一体の風の精が飛んでいく。途中、湊に風を吹き付けた。前髪が全部逆立った湊が、クルクル側転しながら飛んでいく風の精を視線で追う。

「あ、いまのはいつもの子だ」

風の精の気配が、識別できるようになった。

風の精はそれこそ数えきれないほど存在する。出かけた際、ちょっかいをかけてくるモノは毎回違うといってもいい。

しかし極少数だが、たびたびそばにくる風の精がいる。

いまのあたたかな波動の子がそうだ。よく髪をかき混ぜるから気配を覚えていた。

今度は逆方向から風が吹いて、湊の髪が前から後へなびいた。

「お、キミもきてたんだ」

この子はやや冷たい気配がする。よく背中に当たってくるからわかりやすい。いまも頭突きをかまし、ヒヤッと冷気を与えて逃げていった。

この二体が、たびたび楠木邸を訪れる。

「うむ。あやつらはしょっちゅうともに行動しておるゆえ」

「山神さん、風の精を全部見分けられるの？」

「むろん」

「——すごいな」

得意げに鼻先を上げた山神の眼はパッチリ開いている。よっこらせと大義そうに身を起こし、手元へ雑誌を引き寄せた。

新・地域情報誌である。

かつて、華やかでどこか女性向けの体であった表紙、中身は一新され、すっかりメンズ向けのシックな装いになっている。

山神は女神ではなく、男神《おがみ》だと知ってしまった発行元——武蔵《むさし》出版社の意向である。しかも厚みまで変わっており、もはや別雑誌のようだ。突然の変更に、おそらく長年の購読者の方々は戸惑ったに違いない。

湊も行きつけの書店でしばらく探したくらいだ。

「ほんに特集記事が増えたものよ……」

雑誌をめくる山神が呆れている。

「服に、靴に……小物……」

その種類は多岐にわたり、いずれも若い男性をターゲットにした、南部にある店舗のみだ。

山神が湊を見やった。

それらはすべて、彼の気を引くためであろう。和菓子屋特集記事も増量されており、さも『山神様、今一度南部においでくださいませ』と言わんばかりである。

しかしながら一見そう見えても、その実、記者たちが釣り上げたいのは、湊だ。

山神が南部に赴かなくなって、百年をゆうに越える時が経過した。にもかかわらず、先日降って湧いたように突如訪れた。

かつて一度も伴わなかった、人間と一緒に。

それは、土地勘のない湊を案内するためだったからだと、出版社関係者は気づいたに違いない。

ゆえに、ふたたび湊を南部に呼び寄せることができれば、山神もセットでくると踏んだのであろう。

「浅はかなものよ」

と、こぼす山神だが、その声に辛辣さはない。実際今月号の酒屋の特集記事につられた湊に、きび団子屋へいかないかと誘われたことでもある。

怠惰な山神が通い詰めるはずもないが、しばらく経ってから再訪してもいいかと考えている。

ぼんやり庭を眺めていた湊が正面に向き直った。

「山神さん、なにか言った？」

「いや、なにも。――ほう、この菓子、洋菓子でもあり、和菓子でもあるとな……？」

「気になるのは、やっぱりお菓子なんだね」

湊は座卓に肘をつき、顎を乗せた。

山神はたとえ興味のない紙面であろうと、必ず目を通す。

が、眺める時間が段違いで、和菓子関連のページだけはとにかく長く、他はおざなりである。

「当然であろう、我の関心はそこにしかないゆえ」

そっけなく告げた山神は、紙面の上に折り目をつけた。

「清々《すがすが》しいほどの清さだね。でも、今月号は他のページもちゃんと見てあげた方がいいんじゃないかな。特に居酒屋さんのページ」

「なにゆえ」

「だって明らかに、他のページより多いよね」

異様に居酒屋の情報が載っていたのであった。いずれの店もわざわざ〝和菓子あります！〟と太字で強調されており、これで気づかない方がどうかしているだろう。

「たぶん社長さんが、山神さんとお酒を呑みたいんだと思う」

「ふん」

雑誌から眼を離すこともなく、山神は鼻で嗤った。

山神は和菓子の記事担当者――別名山神様担当の十和田《とわだ》記者を気にかけても、現出版社社長――武蔵にはまったく関心を示さない。

山神に怪我《けが》をした息子を救われ、その代わりに山神の要求――神は人間の生贄《いけにえ》は求めていないことを周知させ、さらには南部に訪れる山神に甘味を捧げ続けた。

それらはすべて、過去の初代武蔵が行ったことであり、現社長ではないからだ。たとえ現社長が直系の子孫であろうと関係はない。神は血のつながりを重視しないものだ。

湊はだらけていた姿勢を正した。

「十和田さん、大丈夫かな……」

「悪霊にやたら好かれるあやつであろうと、お主が木彫りを与えたのなら、なんの憂いもなく過ごせておるであろうよ」

「いや、そっちじゃないよ」

「なぬ？」

「悪霊に関しても気にはなるけど、社長さんから嫉妬されてないかなって気になってる」

「嫉妬……」

ようやく山神が湊を見た。真剣な表情をしている。

「社長さんが山神さんを見た時の夢見るような表情とか、ためらいもなく土下座した態度から、山神さんに傾倒しているのは間違いないよね」

「そうであろうな。たまに、否、それなりにあの手の人間はおる。己が人生を投げ打つほど神に心酔するやつがな。あやつとは接したことはないが、おそらく我とかつての武蔵の話を親にでも聞かされ、我がことのように勘違いして育ったのであろう。なにも驚くことでもあるまい。己が身内の力を己がモノと勘違いする輩《やから》も多かろう」

「まぁ、そうだね。だったら――」

湊は座卓の上で組み合わせた手を強く握った。

「山神さんが十和田さんばかりを贔屓《ひいき》するのは、面白くないと思う。嫉妬してもおかしくはない、いや、むしろしない方がおかしい」

嫉妬という感情は断じて見くびってはならない。手段を選ばず他者を蹴落とすばかりではなく、相手の命をも奪う原動力にもなりうる。

さすがにそこまではいかなくとも、十和田記者がいびられていないだろうかと湊は危惧している。悪霊の悩みから開放されても職場の居心地が悪くなったら、あまりにも気の毒だ。

己がその一端を担ったというのもある。

湊は手にした湯飲みを回し、底の茶柱が回転するのを眺めた。

「まぁ、ウツギから悪霊に助けられたことと、麒麟さんに木彫りを渡されたことも、十和田さんが誰にも話していないなら杞憂《きゆう》だろうけど」

「あやつはそれなりに弁えておる人間ぞ。誰にも云うておるまい」

「山神さん、十和田さんと一度しか会ってないよね。わかるの?」

山神はついと雑誌を手前へ押しやり、前足を組んだ。

「たいがいそういうものである。常人には認識できぬモノと否《いや》が応《おう》でも付き合ってきた人間は、口が堅いものぞ。お主かて覚えがあろう」

「それは……。まぁ、確かに」

湊は妖怪が認識できることを他者に漏らしたことは過去一度もない。むろん白い目で見られることを恐れているからだ。

ふいに山神の視線が動き、庭から湊を流し見た。

上空から飛んできた風の精が湊の横髪を手で払い、その耳元でささやく。

『社長にだけは言えるわけねぇ、山神様から木彫りをいただいたなんて……！』

十和田の肉声をお届けしてくれていた。

どこから拾ってきたのか、いつ頃のつぶやきなのかはわからなくとも、それを耳にして湊は安堵した。

彼がそういう心づもりでいるのなら心配はいらないだろう。とはいえ――。

「でも、やっぱりこれからも十和田さんだけを気にかけるのなら、武蔵社長は妬《や》くと思う」

山神は黙したままだ。その尻尾にじゃれつく風の精を気にもしていない。

「いままでずっと情報誌に和菓子の特集記事が載せられていたのは、代々の社長さんからの指示だろうし」

たとえ記者がどれだけ記事を書きたくとも、社長の鶴の一声でなくなることもありうるのだ。

湊はそれを避けたい。数少ない山神の楽しみだと知っているからだ。かといって、武蔵社長に媚《こ》びろとはとてもではないが言えなかった。ただ遠回しに事実を伝えただけだ。

山神はついっと鼻先を座卓上のスマホへと向けた。

「そろそろ八《や》つ時《どき》であろう」

「――もう、そんな時間？」

明らかに話をそらすためだとわかっていたが、湊が咎めることはなかった。座卓のスマホを見やる。

「本当だ。じゃあおやつを食べますか」

「うむ！」

山神の尻尾が振り回され、巻き起こった風で風の精がぴゅ～んと空の彼方《かなた》へと飛ばされていった。


「はい、どうぞ」

背筋を伸ばして鎮座する山神の眼前に供えられたのは、赤紫色をした俵型の和菓子であった。

即座、山神の鼻がズームイン。

「爽やかな赤しその香りである。実によき……！」

湊は、ほかほかと湯気立つ湯飲みも添えた。

「新装開店した和菓子屋の駿府《すんぷ》さんのところの赤しそ餅だよ。いまの時期にぴったりかと思って買ってみたんだ。もちろん中には、こし餡が入っている」

黒き鼻の吸引力が上がり、赤しそ餅が若干引き寄せられた。

こし餡を粒の残る餅で包み、さらに梅酢に漬けた赤しそで包んだ逸品である。

それをともに、口へと運ぶ。大狼は両の眼を閉ざし、咀嚼《そしゃく》を繰り返す。

本来、狼も犬と同じく食べ物はほとんど噛むことなく丸呑《まるの》みするものだ。しかし山神は人間のように噛みしめ、味わって食す。

神獣ならではだな、と思いながら湊はさっさと嚙んで飲み込んだ。

とろけた眼の山神が語り出した。

「鼻に抜けるこの赤しその香り、なんとも心地よき。やわらかすぎず、固すぎぬ餅も申し分なし。そして、このこし餡……！　赤しその風味を損なうことのないほどよき甘さ、絶妙ぞ……！　やりおるッ」

「お、山神さん絶賛かぁ。おめでとうございます、和菓子屋駿府さん」

笑いながら告げた湊の感想は――。

「桜餅の赤しそヴァージョンって感じだよね」

「身も蓋もないことを云いおってからに……」

山神が裏門の上空へと視線を流した。

「またずいぶんと疲れておるな」

湊も倣うと、黒い物体が見えた。まだ遠いが、空を浮遊する黒い動物の心当たりは一匹しかなかった。

「あれ、ツムギだよね。すごい歩みが遅いみたいだけど」

ふらついているのが見えて、湊の顔が曇った。


近場の山に御座す天狐《てんこ》の眷属――黒い狐《きつね》のツムギ。先日、南部のきび団子屋で奢《おご》った時の礼を持ってきた折も、毛並みが荒れていたくお疲れであった。温泉を勧めたところ、すぐさま飛び込み、毛並みは復活したものの精神は回復しなかったようで、終始口数が少なかった。

最初に『少々よそと揉《も》めまして……』と告げたきり、詳しい事情を語ることはなく、仔細《しさい》は知れない。

「また誰かと揉めたのかな……」

「さてな」

山神は大あくびしている。まさに我関せずといった体だ。

湊も基本的に他者の事情に首を突っ込まないし、無理に聞き出しもしない。もとよりツムギは、湊よりはるかに歳上《としうえ》だ。たいていのことは己で対処できるであろう。

「ツムギはここに来ても、愚痴をこぼすこともないよね。ただ温泉に浸かりたいだけみたいだし。それでも構わないけど、ただお礼の品は怖いんだよね」

山神が喉を震わせて笑う。

「この間のりんごはよくかじらずに耐えたものよ」

「本当だよ。我ながらよく我慢できたと思う。本気でヤバかった」

奢ったきび団子のお返しとして先日もらったのは、黄金のりんごであった。

まるでミラーボールのごとくあたりを照らすその輝きに、目を潰されるかと思ったが、それ以上に芳香が強烈であった。

そばにいた山神が珍しく『うまそうぞ』と惹かれたほどで、ただの人間の湊はひとたまりもなかった。

とにかくかじりたい、かぶりつきたい。その衝動を抑えるのに必死で、正直、会話は上の空であった。

気を利かせた山神が、クスノキの木材が収納されている神域に入れてくれなかったら、今頃湊も晴れて不老不死の仲間入りを果たしていたことだろう。

なお、その黄金のりんごは山神一家が競い合って食べてしまい、もう欠片《かけら》も残っていない。

「どうして毎回、お礼の品が不老不死効果のある果実ばかりなんだ……」

つい愚痴がこぼれてしまっても致し方なかろう。湊は不老不死になりたいとは微塵も思っていないのだから。

身を起こした山神が愉快げに嗤う。

「通常の者であれば、喜ぶであろう」

「そんなことないと思うよ。みんながみんな不老不死になりたいはずがない。ごく一部の人たちだけじゃないかな」

「お主はそう思うのだな」

両の金眼を細めた大狼が低い声でふたたび嗤う。いやに迫力があって、湊はいささかたじろいだ。

ふいに山神が空を仰ぐと、短い四肢が動くのが見える位置までツムギが近づいて来ている。それを眺めつつ、山神は静かな声で続けた。

「神の実は人間が渇望するように、神にとっても抗いがたき魅力があり、求めるモノも少なくない。天狐もそのうちの一神で、あやつの大好物でもある。ゆえにそれをお主に差し出す行為は、ツムギにしてみれば最上級の礼ぞ」

湊は表情を改め、姿勢を正した。

「そっか。じゃあ、これからもありがたくいただくことにするよ。物珍しい物ばかりで一見の価値もあるしね。――俺が食べなければいいだけだし」

最後は己に言い聞かせるように告げながら、湊はツムギを迎えるべく立ち上がった。


裏門の戸の向こうに鎮座した黒い狐の様相は、前回以上にひどい有り様であった。

先日のエゾモモンガ並みに毛が逆立ち、周囲にパチパチと静電気までも発生している。表情も荒《すさ》みきり、いつものきゅるんと愛らしい眼ではなく、まさにキツネ目。吊《つ》り上《あ》がった恐ろしい形相は、別の個体かと勘違いしそうだ。

「いらっしゃい、ツムギ」

しかしあえて言及せず、湊は戸を開けた。そして手を露天風呂へとさし向ける。

ツムギの口は引き結ばれたままだ。一度微弱に震えて深々と頭を下げたのち、門の敷居《しきい》を越えた。


ひとっ風呂浴びたツムギが縁側よりやや高い位置で、お座りの体勢で浮かんでいる。

「大変よき湯をありがとうございました。おかげで生き返りました」

その言葉通り、体毛はツルツルさらさら光り輝いている。

座卓を挟む湊と山神が半分瞼を下げているのは、まばゆいからである。

ツムギはいつも通りの礼儀正しさだが、やはり前回と同様に、精神的に疲れたままのように見受けられた。

「とりあえず、体の方は元気になったなら、よかったよ。ツムギもお菓子食べる？」

お茶とお菓子を楽しめば、気持ちも上向くかもしれないと思い、誘ってみた。前回は慌ただしく礼の品だけ置いて去ったツムギであったが、今回は違った。

上目で湊を見やる。

「——よろしいのですか？」

「もちろん。喉も渇いてるだろうし、一息ついたらいいよ」

山神はいまだに赤しそ餅を咀嚼中だが、それなりに長風呂であったツムギのために、二つ残しておいてくれていた。

「では、お邪魔します」

腰を上げたツムギが座卓へと歩む途中、突然振り仰いだ。同時、ようやく赤しそ餅を嚥下《えんか》した山神の視線も上方へと流れる。

空の彼方に小さな白い光が浮かんでいた。それが瞬く間に大きくなってこちらに近づいてくる。

ツムギの気配が尖ったことに気づいた湊が面を上げた時、それが裏門の上空で急停止する。

四肢を持つ白い獣であった。

宙に浮かんで姿勢を低くし、縁側の黒い狐を見据えている。

「狐だ……」

真っ白な狐だ。

ちんまりとしたツムギとは異なる、ほっそりした胴体と手足。稲穂に似た一本の尻尾を垂らし、眼元には紅が引かれている。

まさにこの国の民が想像するであろう、稲荷《いなり》神の眷属たる狐の風体であった。

それを目の当たりにした湊は、妙に感慨深さを覚えていた。

一方白い狐の方は、ただただ黒い狐だけを凝視している。

「見つけたぞ、黒狐!」

吠《ほ》えながら身を乗り出した。けれども、それ以上向かってはこない。

湊の視界には映っていないが、白い狐の眼前には透明の壁が存在している。山神の神域の囲いである。

それを睨《にら》みつけつつ一回転した白い狐は、苛立しげに中空で足を踏み鳴らす。その身から立ち上る怒気で、向こう側の空が歪《ゆが》むのを湊は見た。

「すごい怒ってるみたいだね……。あの狐は、お稲荷様のところの眷属であってる？」

「あっておる。南部の稲荷神社から来たのであろう。――小童《こわっぱ》が癇癪《かんしゃく》を起こしておるわ」

山神は一瞥しただけで、嘲るように告げた。

「まだ子どもなの？」

「そうさな、人間に換算すれば十二、三歳程度であろうよ」

「子どもといえば子どもだけど、そう幼くもないんだね」

「左様。それなりに力もつけておるようぞ」

山神が湯飲みへ鼻先を突っ込んだと同時、白い狐から神気が放射状に広がった。

その余波で神域外の木々が大きく傾《かし》ぐ。それを見てツムギが毛を逆立て、かえりみた。

「――湊殿、まことに申し訳ありません。お茶を入れていただいたばかりですが、少々用事ができてしまいました。しばらく席を外します」

その厳しい声、決意を秘めたる眼。うっすら神気までも立ち上って、かすかに尻尾も震えた。

殺《や》る気がみなぎるその姿は、戦場に赴くモノのそれであった。

よそとの揉め事とは、あの白い狐とのことであったようだと湊はいやでも察した。

ならば、稲荷神社の北部と南部の戦いなのだろうか。

「あ、うん……。えーと、ツムギ大丈夫？」

いらぬ心配だろうとは思う。

ツムギは、齢《よわい》千年を軽く凌《しの》ぐ古狐だ。いまは隠されているものの、七本の尻尾を有する強い眷属である。

はるか歳下の眷属に負けることなどまずなかろう。

しかしながら相手も狐――本物の稲荷神にまつわるモノだ。

稲荷神は、この国でもっとも信仰を集める神だと言っても過言ではないだろう。その眷属たる白い狐も当然ながら強いに違いない。

「ありがとうございます、湊殿。ですが心配はご無用なのです。では、いって参ります」

ツムギは軽い口調で告げ、縁側から跳躍した。

その後ろ姿を見送る湊がポツリとつぶやく。

「相手は若いからな……。無茶しそうだ」

何しろ白い狐は、敷地外の一面を行ったり来たりし、

「出てこい、黒狐！　我に恐れをなしたか、軟弱モノめが！」

と天へ向って吠え続けている。その様相は、まさに血気盛んな若造そのものであった。

とはいえ湊は、やや感心していた。

「頭に血が上った状態でも、ここには入ってこないんだね」

「さしあたり、そのようであるが……」

山神が敷地外で相対した白と黒の狐を見やった。

「黒狐め、ようやく出てきたな。ここであったが百年目――」

「もう忘れたのですか。ついさっき会ったばかりなのです。それにあなた、まだ百年も存在していないおこちゃまでしょう」

ツムギに小馬鹿にされた白い狐は、ブワッと毛を逆立てた。

「そんなことはわかっている！　決まり文句だろう！」

「まったく……。こっちは会いたくもないというのに。なんなのです、いつもいつも……」

「お前にまだまだ言い足りないことがあったから、追いかけてきたのだ」

「ご存知ですか。いまの世ではあなたのような輩《やから》をすとーかーと呼ぶのですよ」

「神の眷属たる我をストーカー呼ばわりするなーッ！」

突進してくる白い狐をツムギは上空へ跳んでかわす。身軽に前転した白い狐は透明な壁を足蹴にし、ふたたびツムギに突撃をかました。

思いっきり山神の神域を蹴りつけた。

それをばっちり見てしまった湊の喉から無気力な声が漏れた。

「あー……」

ちらりと正面を見れば、大狼が半眼になっている。

が、まだ怒気は発していない。

「なぁに、かような小童のおいた程度、騒ぐほどでもないわ」

鼻を鳴らした山神は、オトナの余裕を見せた。

上空では、白い線と黒い線が縦横無尽に入り乱れ、絶え間なく舌戦が繰り広げられている。

二匹が真正面から衝突し、前足で互いの喉元を押さえながら大口を開けて威嚇し合う。

「だいたいお前の主は稲荷神でもないくせに、なぜ己が住まいを稲荷神社と称している。勝手に名を語りよって！」

「仕方ないでしょう。人間が勘違いしただけなのです」

「どうせこの山に稲荷神社を建てよ、とどこぞの人間にお告げをしたのだろう。そうに決まっている。よそモノのくせに！」

「勝手に決めつけないでください。不愉快なのです。だいたい――」

後方へ飛び退ったツムギは勢いあまって傍らを過ぎていく白い狐の尻尾を後ろ足で蹴り飛ばす。

尻尾を振り回し、回転して遠ざかっていく相手を見据え、ツムギは顎を上げた。息を荒らげて睨み上げてくる相手を睥睨《へいげい》する。

「よそから来たからといって、文句を言われる筋合いはないのです。この地の者は土着の神であろうがなかろうが、毛ほども気にもしませんよ。いずこかの神――とりわけ吉祥《きっしょう》絡みの神なら諸手《もろて》を挙げて歓迎し、祀《まつ》り上げるのですから」

下方の湊が深く頷いた。

「確かに」

ツムギの言い分には同意するしかない。

先日海で出会ったネズミの神――福の神としてお馴染《なじ》みの大黒天《だいこくてん》も元は異国の神だという。真偽のほどは定かではないが、他にも多数そういう神は存在し、むしろ日本固有の神の方が珍しいかもしれない。

「それに、神様と同じくらいたくさんの人が篤《あつ》い信仰心を向ける仏様は、すべて異国の方々だしね。日本人は大らかだから気にしないよ」

『単に節操がないだけであろうよ』

山神は、ふすっと軒先に鼻息を吹き出した。

「にしても、ようやりおるわ……」

二匹の狐は頭部を突き合わせ、押し合いへし合いやり続けている。力も覇気もツムギの方が勝っているため、突き飛ばされた白い狐がでんぐり返った。それでも即座に体勢を整え、果敢にツムギに向かっていく。

呼吸は乱れているものの、体力は底なしのようだ。

いつまで経っても終わらぬ空中戦は熾烈《しれつ》を極める。

とはいえ神域内には、なんら影響はない。

「すごいよね。でも山神さんと天狐さんが戯れた時ほどの激しさじゃないかも」

「神同士と眷属同士の戦いを比べるのは、酷というものぞ」

「それもそうか」

うむ、と相槌を打ちつつ、山神は座布団に横になった。

上空を見るともなしに見ながら前足の間に顔を置く。

「稲荷神絡みのモノらは縄張り意識が強いゆえであろうな」

「じゃあ、結構大変だよね。稲荷神社ってとにかく多いし」

「左様。あまりの多さに、ちと前に栄えたどこぞの地域で、〝伊勢屋《いせや》、稲荷に犬の糞《くそ》〟なる言葉まで生まれるほどであるゆえ」

「へぇ、はじめて聞いた」

まったり雑談にふける地上と、衝突音と衝撃波が入り乱れる上空の落差が激しい。

「云うて、このあたりに稲荷神を祀ってある所は多々あれど、人間らが〝稲荷神社〟と呼んで足繁《あししげ》く通うのは、天狐のところのみぞ」

「ああ、だから南部の稲荷神社は閑散としていたんだ……」

先日の風景を思い出していると、上空から刺すような視線を向けられた。かすかに肩をすくめた湊が目を上げれば、白い狐が睨んでいる。すかさずその横っ腹にツムギの後ろ蹴りがメリ込んで飛んでいった。

空の殺伐感なぞ意にも介さず、山神は語り続ける。

「あの女狐は、いたくわがままで好みもやかましいが気前だけはよい。とりわけ己が好みの品を献上する人間には、大盤振る舞いをする。ゆえに熱烈な信者が多いのであろうよ」

「やっぱりそうなんだ。なんとなくそうかなとは思ってた」

ツムギが必ずお返しを持ってくることから、その大本たる天狐もそうであろうと湊は思っていた。

上空からツムギの声が降ってきた。

「我が神は、湊殿お手製の蕎麦《そば》いなりも好きです！」

「ありがとう。今度つくるよ」

ほのぼのとご近所さん会話をしているさなか、ツムギにふっ飛ばされた白い狐が神域の壁に激突。それでもまったく戦意は喪失しない。即座に体を捻《ひね》り、壁を蹴って駆け出した。

それを見ていた湊は、急に寒気を覚えた。鳥肌の立った腕をさすりながら、正面を向く。

伏せた山神が眼を眇《すが》めていた。全身の毛が波打ち、神気をも放っている。

たいそう荒ぶっておられる。

顔を引きつらせた湊が上半身を引くやいなや、ガツンと白い狐が神域を足場にして蹴った。

続けて二度、三度。さらには、ガガガガッと連続して透明な壁を蹴りつける。

「――あれは、さすがにダメだろ……！」

血の気の引いた湊が縁側の端まで退避した時、大狼が身を起こした。その満身から神気が陽炎のように立ち上るや、虚空の裂ける音が響き、渦巻く風が唸《うな》りをあげる。滝の水量が増し、川も荒れくるい、筧からも噴水のように神水が吹き出した。

台風さながらになろうと、クスノキはどっしりと立っているが、他の庭木は右へ左へと流されている。

数多の葉が乱れ飛ぶ中、大狼が口を開いた。

「ここを誰の地と心得る、たわけどもめ。おいたがすぎようッ」

語尾が跳ね上がった直後、その眼から二条の光が放たれた。ハの字に開いた光線が黒い狐と白い狐をさし貫くや、

「んぎゃ！」

「ふぎゃ！」

と鳴いた。

「いたたたたっ」

と白い狐が喚《わめ》く中、黒い狐はこちらを見た。

「山の神よ、お騒がして申し訳ありま――」

最後まで聞かず、山神は頭を振った。光線がしなり、白い狐を右へ、黒い狐は左へと投げ飛ばした。くるくると回転して遠ざかっていけば暴風が収まった。

大きく息を吐き出した山神が座布団に腰を落ちつける。

「まったく……。よその神に迷惑をかけるなぞ、眷属としてあるまじき行為ぞ」

声も常態に戻った。四つん這いの湊が座卓に戻ってくる。

「――山神さん、あの子たち怪我はしてないよね？」

「むろん。いかに我とてそこまではせぬ。ちと灸《きゅう》をすえてやっただけぞ。――あとが面倒ゆえ」

もし眷属を傷つけようものなら、その神が怒るのは当然のこと。今回そうしてしまえば、二神を相手取って戦争になりかねない。さしもの山神も骨が折れるであろう。

「ならよかったけど、ツムギはとばっちりだったような……」

どう見ても、しつこい白い狐に辟易《へきえき》していた。本気を出すには相手が若すぎ、かつ弱すぎるから手加減をしていたのだろう。


突如、かすかな音が鳴った。

湊が振り返ると、塀の上に三匹のテンがいた。その気配と顔つきもやけに強張《こわば》っていて、湊は戸惑う。

「いらっしゃい、みんなどうかした？」

山神が含み笑いする間に、眷属たちは塀を跳び下り、縁側までやってきて並んだ。

セリが見上げてくる。

「今し方の狐の戦いを見ておりまして、我らがいかに未熟なのかを痛感しました」

「そ、そっか」

周囲にまで影響を及ぼす眷属同士の争いをはじめて見たのだろう。なかなか刺激が強かったようだ。

トリカも神妙に告げる。

「我らはまだ空を駆けることすらできんしな」

「そうなんだ？」

眷属に関してあまり知識がない湊は、ただ聞くしかできなかった。

ウツギが両の拳を握りしめる。

「そうだよ。だから、もっともっと頑張らないと！」

「――そっか、応援してる」

そう合わせた湊ではあったが、心の中で強く願った。

よそ様に迷惑をかけるようなモノにはならないでほしい。どうかいつまでも礼儀正しい君らのままでいておくれと。

第4章　狐の争いによる被害は甚大

雨がそぼ降る未明。南部の稲荷神社――御神木たる大イチョウの上空で、二匹の狐が争っていた。

黒い狐――ツムギと白い狐――下方の神社の眷属である。

懲りない二匹の間には、どこまでも剣呑《けんのん》な空気が流れている。それに呼応するように、雷鳴が轟《とどろ》いた。

雨の雫を受けて、白き狐の輪郭が浮き上がっている。

「我の縄張りに土足で踏み入るとは、貴様、覚悟はできているんだろうな!?」

親の仇《かたき》を見るような眼光と、恫喝《どうかつ》であった。

二匹が激突。離れ間際に尻尾を叩きつけられようと、ツムギが怯《ひる》むことはない。大イチョウの前で反転し、背負った風呂敷《ふろしき》包みの結び目を前足でさらりとなでた。

「わたくし、大事なお使いの帰りなのです。ただの通りすがりにすぎませんから、道をあけてください」

「誰があけるか!」

「といいますか、ここはあなただけの場所ではないでしょう。あなたより歳上の眷属たちはなにも言いませんし。——なにを勘違いしているのです、若造が」

吐き捨てるように言ったレディに、小僧がいきり立った。頭部を下げたその身から、無数の稲光が生じる。

「歳若いからといって、いつもいつもバカにしよって……！　これでも喰《く》らいやがれ！」

一道の稲光が真正面へと放たれた。

ひょいとツムギが横に跳んで避けるや、稲光が大イチョウの幹を直撃。生木が切り裂かれ、倒れていく。夜を切り裂く轟音《ごうおん》を立てて地に伏した。

○

すっかり雨が上がった翌朝、北部の御山には清廉な朝日が降り注いでいた。

梢《こずえ》から差し込む陽光をいくつも遮り、大木から大木へと白きテンが移動していく。その速度は通常の動物ではありえない。カサカサ鳴る葉ずれの音を後方へ置き去りにし、ウツギは御山の中腹を目指す。

その斜め前方——二か所からも同じようにセリとトリカが馳《は》せ参《さん》じた。

いちどきに、一本の大樹の根元に降り立つ。木の葉の雨を浴びながら、輪になった三匹は直立した。

順に仲間を見たセリが口火を切る。

「時間通りそろいましたね。ではまずはトリカ、報告をお願いします」

「ああ。霊道あたりは問題ない。すべて始末してきた」

眷属たちは御山を三分割して持ち場としており、霊道が通っている方面を担うのはトリカだ。わりと神経が細かいため、そこから外れる霊を一体であろうと見逃しはしない。霊道へ送り届けるか、外れて悪霊と化したモノは容赦なく祓っている。

「ウツギの方は？」

「至って平和〜。かずら橋も順調にできつつあるよ」

「そうですか」

「山神は湊んちの縁側で爆睡してた」

「いつも通りですね。山神がつつがなく過ごしているならなによりです」

「だな」

トリカも同意し、三匹は頷き合った。

彼らは本気で満足している。そうあるべく己たちが生み出されたからだ。

セリが口を開く。

「それでは、山神家会議をはじめましょうか」

基本的に家長不在で行われる定例会である。

実のところ、どれほど遠く離れていようと山神には筒抜けで、念話で参加も可能だがそうすることはない。眷属たちの自主性に任されている。

「明後日《あさって》、湊が木彫りを卸しに南部のいづも屋に出かけるそうです」

「また卸すのか。まだ前回からそう経っていないだろうに」

鼻に皺を寄せ、トリカは低い声で言った。

「ええ。ですが致し方ないかと。なにせ引く手あまたださうですから」

「そりゃそうだよね。だって希少なモノだし、人間はほしがるでしょ」

したり顔のウツギが楽しげに体を左右へ傾けた。

「それで、誰が湊についていきましょうか」

セリが問うや、沈黙が落ちた。

喜び勇んで立候補するモノはいない。

彼らは人間に慣れつつあるが、まだまだだと自覚している。機会があればできるだけ出かけて、人間と接しようと話し合っていた。

とはいえ一様に、外出は心躍るかと問われれば、否と言わざるを得ない心境である。

顔をしかめた三匹が唸った。押しつけ合ったりしないため、空気が悪くなることはない。

それは大変よきことだが、これでは埒《らち》が明かぬ。

陽光の差す位置がウツギからトリカへと変わった頃、最年長たるセリが気概を見せた。

「――では、今回は我がいきます」

「じゃあ、その次の機会があれば、我が出向こう」

トリカのあとに、ウツギも続く。

「んじゃあ、トリカのあとに我がいくよ」

「決まりですね」

○

朝もはよから、南部の中心街へとつながる通りを、湊とセリが歩んでいた。かたや数個の木彫りが入った手提げバッグを持ち、かたやウェアハーネスを装着している。

「いまさらだけど、トリカとウツギは？」

小声であろうと横に添うようにいるセリには届いている。

「お留守番です。我らもいつもともに行動しているわけではありませんからね。単独で外出しようということになりまして」

「そっか」

確かに最近では、楠木邸に遊びにくる時も単身のことが多い。

「それにしても……」

セリがあたりへ視線を投げた。

それに合わせ、左右の建物の陰から悪霊が逃げ出す。まだ形をなせないそれらは泥状で、路面や壁をシミのように広がって這っていった。

そんな悪霊が至る所にいて、一帯に瘴気《しょうき》も漂っている。

だがセリはその現状を湊へ教えることはなく、今度はまばらな通行人を流し見た。

行く手から歩み寄ってくる者の背中にしがみつくモノ、路傍でスマホを見ている者の脚に巻きつくモノ。人型であったり、獣型であったり。いずれも弱いといえば弱いが、やけに憑かれている者が多いように見受けられた。

とはいえ悪霊に憑かれる人間は、さほど珍しくもない。

弱い悪霊が一、二体憑く程度であれば、人間側はやや身体の不調を感じる程度で済み、やがて悪霊も離れていくだろう。

騒ぐほどでもない。おそらく。

セリは世間知らずである。悪霊が数多いる現状が異常だと即座に判断できない。不可解そうに首をひねってはいる。

「これぐらいが普通なんでしょうか……」

「ん？　なにか言った？」

「いえ、なんでもありません」

セリが前方へと顔を向けると、歩み寄ってきていた通行人の背中にいた悪霊が塵《ちり》と消えていくところであった。

湊の手提げバッグに入った木彫りによって祓われたのだ。

歩く除霊機と化した湊のおかげで、一帯の瘴気は空気が入れ替わるように綺麗になり、近くを通った人々に憑いた悪霊も祓われている。

ゆえに問題はなかろう。

そう思うも、セリの顔は険しいままだ。悪霊にしろ、人間の魂にしろ、そこから発せられる臭いは苦手だが、それなりに耐性のついた今、もう倒れるようなことはない。

が、不快な気持ちにはなる。

その態度は隠しきれておらず、むろん湊が気づかないはずもない。

「セリ、具合悪くなった？」

「いいえ、元気ですよ。この通り」

セリは瞬時に表情を改め、軽く跳ねた。

それを見て雰囲気の和らいだ湊が前を向くと、片方の横髪がゆれた。

立ち止まった途端、風の精から声が届けられる。

「――誰か泣いてる……」

すすり泣きであった。やけに悲痛で、聞いているだけで胸が痛んだ。性別はおろか年齢すらも定かではない不思議な声でもあった。

「湊、こっちです」

セリに先導され、以前通った道に出ると、南部の稲荷神社が見えた。

「あれ、大イチョウがない……」

ひときわ目立っていた一本の大樹がなくなっていた。

セリは何も言わず道を駆けていく。その早足が止まったのは、神社のすぐそば——こんもりとした木々からやや外れた場所であった。

強い焦げ臭《くさ》さに、湊は鼻周りを腕で覆った。一面の地面がへこんで煤《すす》けており、その末端部分に大きな切り株がある。この木が燃えて延焼したのであろうことは容易に想像がついた。

「ひどいな、雷が落ちたのかな。少し前に結構雷が鳴ってた時があったよね……。でも、それにしては焦げ臭《くさ》い匂いが強いような……」

周囲を見渡し、湊は最後に切り株を見た。表面が平らなのは、人によって切られたからだろう。その切り口も新しいようだ。

セリもその切り株を注視しており、少し首を伸ばして慎重に周囲の匂いを嗅いだ。

「——これは、自然に発生した雷によるものではありませんね」

「じゃあ、いったい……？」

困惑する湊をセリが見上げる。

「神、いえ、眷属の仕業でしょう」

軽く目を見張った湊が稲荷神社の方を向く。しかし神の気配を感じることはできなかった。

一方、セリは知覚している。けれども社殿の奥を一瞥するだけにとどめた。

「湊、今し方聞こえたすすり泣きの声は、ここから風の精が運んできたようです。この木が泣いて悲しんでいます」

「この木が……」

湊は視線を落とした。

あたり一帯が黒く煤けた中で、丸い生木部分だけがやけに浮いて見える。

そこに近づき、屈んで触れてみた。ざらついた感触の表面はやや湿っている。

「まだ、生きてる」

そう強く感じた。加えて、木から発せられる波動にも気づく。弱々しい、いまにも消えてしまいそうなそれは、絶え間なく悲しさ、切なさ、悔しさを伝えてくる。

「まだ、木として在《あ》りたかったんだね……」

いまではもう、木とは呼べない存在になってしまったからだろう。

「この木には精霊が宿っていた。いえ、いまもかろうじて宿っています」

セリが湊の手元を見つめながら告げた。


そこには、半透明の木の精がいる。

丸い苔玉《こけだま》めいた容姿。湊が片手でつかめるサイズで、綿毛の被《かぶ》さった二つの眼は隠れ、細い手足が生えている。

その木の精は、眼の優れたセリでさえ集中しなければ見えないほど存在が危うくなっており、泣きながら湊の手にすがりついていた。

そのことをセリに教えられずとも、湊は気づいている。

手の甲、手首に温度を感じていて、手元を見つめたままじっとしている。

毎日、特殊なクスノキと接しているおかげであった。かの神木は自主的に動くことが可能で意思を汲み取りやすいものの、なるべくその真意を知ろうと日々気をつけている。

ゆえに、木の精の気持ちがわかるようになっていた。

「助けてあげられないのかな」

苦渋に満ちた声を聞いたセリはしばし考え、口を開いた。

「――できるかもしれません」

「どうやって？」

勇んで尋ねる湊の手元で、木の精霊も泣きやんだ。

「神木たるクスノキの力を借りるんです」

「葉っぱならあるよ」

外出時の必需品である。もちろんボディバッグに忍ばせてきていた。

「ちょっとごめん。手を動かすね」

湊がそう言うや、手の甲に乗っていた木の精がぴょんと跳び下りた。切り株の上で両手を握りし

め、祈るように見上げる先で、湊がバッグからクスノキの葉を取り出す。

それを見た途端、木の精の綿毛がうっすら逆立ち、片眼がのぞいた。その萌黄《もえぎ》色の眼を輝かせ、そわそわと足踏みするその姿は、湊には視えていない。

そのため、やや見当違いな方向へみずみずしい青葉を差し出した。

「こちらをどうぞ。うちのクスノキの葉だよ」

ささっと正面に回り込んできた木の精が恭しく両手で受け取る。おもむろに腕を回して固く抱きしめた。

瞬間、青葉が煙のように消えてしまう。

代わりのように、木の精の色が濃くなった。

けれども若干にすぎない。葉一枚に内包されるクスノキの生命力程度では、到底足りない。

湊は察して、もう一枚渡した。同じ手順を繰り返し、また綿毛の濃度が深まり、存在が明確になっていき、次々に葉を渡した。

「これで、おしまい」

最後の一枚を受け取り、抱きついた木の精の輪郭は明瞭になった。今し方までの儚《はかな》さはもうない。

だが――。

木の精とセリが切り株を見やった。

何も変化は表れていなかった。宿る木自体が復活しなければ、精霊も体を保てない。クスノキのおかげで濃くなった体でも、近いうちにふたたび薄れてやがて死《消えて》んでしまうだろう。

目元を覆った木の精が、またシクシクと泣き出した。

「もっと葉を持ってくればよかった」

いまさら悔やんでも遅い。わかっていても湊は言わずにおれなかった。

「これからすぐ家に戻って――。うわっ」

突然、トンと背中に冷気が当たった。

「びっくりした。キミか」

お馴染みの風の精であった。続いて髪もあたたかな風でかき乱され、もう一体もいるなと思っていれば、耳元で声がした。

「持ってクル！」

「待ってロ！」

「――まさか、クスノキの葉のこと？」

言いたいことだけを言った二体の風の精は、湊の周囲を一巡し、ゴウッと急加速して空へと舞い上がった。煤や落ち葉も乗せた一陣の風が向かっていく、楠木邸へ。


その頃、楠木邸の庭では、クスノキが樹冠をゆらしていた。降り注ぐ陽光を全身に浴びて、光合成中である。

湊が出かける前に、ふんだんに神水も与えてくれた。いまの満たされた状態で、うっかり気を抜こうものなら、急激に生長してしまいそうだ。

気をつけなければならない。あまり大きくなる気はないのだから。

心地よい風に吹かれ、せっせと幹と枝を振って運動《ダイエット》に勤《いそ》しんでいると、不自然な風が吹いた。

クスノキが静止しても、上部のみが葉ずれの音を立てている。

――風の子らか。

クスノキが思っていると、すぐさま二体の風の精が敷地内に飛び込んできた。

周囲をぐるぐる回って歌うように告げてくる。

「葉っぱ、チョーダイ！」

「いっぱい、チョーダイ。ミナト、イル！」

――湊が葉をたくさんほしがっている……？

彼らの言い分は理解したが、解せなかった。以前と違い、祓いの力を向上させた湊が悪霊絡みでピンチに陥り、己が葉――破邪の力を求めるとは考えにくい。

いったい何があったのだろうか。

「チョーダイ、チョーダイ！」

「葉っぱ、チョーダイ！」

風の精たちはそれしか言ってこない。

理由の知れぬもどかしさにクスノキは樹冠をざわつかせ、その間、風の精たちも二方向から風を吹きつけてくる。

が、葉は一枚たりとも落ちない。クスノキは己が葉を完全にコントロールしているからだ。

頬を膨らませた風の精たちが両腕を振り回す。

「もー！　早くチョーダイってば！　木の精、消エル！」

「木の精、もうすぐシヌ！」

――なんだと……。

詳細はわからない。けれども湊がそれを知ったのならば助けたいと思うに違いない。

――死にかけならば、葉だけでは到底足りまい。しばし待て。

クスノキの動きが完全に止まった。

一拍、二拍、そして三拍目。クスノキの側面――一本の枝が音もなく伸びた。

銀色の光を発するそれは、クスノキの生命力がふんだんにこもっている証《あかし》だ。

風の精二体がその先端をつかむや、伸びた分の所でパキンと折れた。


ふたたび南部の稲荷神社にて。

風の精を見送った湊が空を見上げていると、やがて風は収まった。漂い出した煤けた臭いに鼻をつかれ、下方へと顔を向けた時、またも風が吹いた。今度は逆方向からだ。

「まさか、もう戻ってきたのか」

驚く湊が面を上げると、中空を一直線に向かってくる棒があった。横向きである。にこやかな風の精たちが両端を握っているため、一切ブレることもなく不自然極まりない。

湊はかざした手で陽光を遮り、日を凝らす。

「——どう見ても葉っぱじゃないな……。あれは、枝だよね？」

「はい、クスノキの生命力が満タンに入った枝ですよ。奮発してくれたみたいですね。あれなら、木の精も助かるでしょう」

足元のセリがやわらかな口調で教えてくれた。

切り株の上で木の精が勢いよく跳ねる。

「喜ばしいけど、ここにくるまでに誰にも気づかれていないといいね」

「風と一体になって高速で来ましたから、他者に見られることもなかったでしょう。たぶん」

適当に言われ、湊は半笑いで腕を伸ばす。高々と音を響かせ、その手が銀色に光る枝をつかんだ。


そして振り返るや、浅く口を開けた。

「キミが精霊？」

バッチリとその姿が視えていた。切り株から落ちそうなほど身を乗り出す苔玉がいる。

毛の間から時折のぞく萌黄色のどんぐり眼《まなこ》は、体に対してやけに大きい。その身からにょっきり生えた手足も細く短い。想像だにしない風体であった。

「その枝のおかげで視えているんですよ」

セリに告げられ、湊が手元を見やる。ああ、己のクスノキだなと思うと同時、確かに通常より気配が強いとも感じた。

「じゃあ、一時的なモノなんだね」

湊は木の精の正面に立った。微弱に震える苔玉は庇護《ひご》欲をそそられる愛らしさだ。

「キミが見えなくなるのは寂しいけど、どうぞ」

目一杯伸ばしてくるその両手に、枝を渡した。

それを木の精が包み込むように抱きしめ、足から切り株の中に入っていき、溶けるように消えてしまった。

シュルリと大地に張った根の間から一本の若芽が伸びた。ひこばえと言われるそれは太い切り株に比べ、ひどく頼りなく見えた。

しかし生命力にあふれ、光すら帯びている。

「おお、すごい」

湊とセリがやや離れると、立て続けに二本、四本、十本。根の間という間から生え、数を増していく。そればかりかどんどん葉を繁らせ、天へと向かって背も伸ばしはじめた。

さすがにこの事態には、湊の顔色が変わる。

「待って、待って、速すぎる！」

いったん生長は止まったものの、すでに切り株は葉で埋もれてしまっている。

「もしこのまま元のように大きく育ったら、このあたりの人たちにおかしいって思われるよ」

「そうでしょうね。ここは湊の所とは違いますし」

同じように眺めていたセリも同意する。クスノキがのびのびと育っても問題になっていないのは、神域と化した楠木邸だからだ。

「下手をすれば、気味悪がった人たちに切り倒されるかもしれないよ」

真剣な表情の湊に警告され、イチョウの若芽たちが一斉に震えた。ようやくはしゃぎすぎたと気づけたようだ。

「もどかしいだろうけど、ゆっくり大きくなりなよ。その方が丈夫に育つしね」

昔、林業に携わる者から聞いたことがある。

時間をかけて育った木は密度が高く、菌に対抗するための抵抗力も強くなるのだと。

イチョウは理解したようで、それ以上生長しようとはしなかった。どころか、伸ばしすぎた芽の高さを下げ、葉の数を減らした。

「――どうしよう、だいぶおかしな木になっちゃったみたいだ……」

「仕方ありませんよ。なんといっても、あのクスノキに生命力を分けてもらったんですから……」

顔を見合わせた湊とセリは空笑いした。

今一度、異常な行動は取らないようにと忠告し、湊とセリはイチョウのもとを離れた。


並んで南部の中心街を歩いていると、人通りの少なさが目についた。

顔をしかめた湊が、瞬《またた》く。

「なんか、空気が悪いような……」

「そうですね」

慎重な足取りのセリが四方へと視線を投げる。そこには白と黒を基調にした昔ながらの建築様式の店舗が軒を連ねているのだがはっきり見えない。

まるで紗《しゃ》がかかったかのように瘴気で満ちている。


悪霊自体はいないらしい。

思いながらセリは、湊の手提げバッグを見やった。

そこから円状に拡散されている翡翠《ひすい》の光の範囲が、やや狭くなっている。ここまでの道行きで、無差別除霊・浄化を行ってきたせいであった。

ちなみに現在進行形で実行されている。

セリは後方を見やり、瘴気が祓われて鮮明な景色が遠くまで続いているのを確認して前方を見ると、そのおどろおどろしさ、薄汚さに吐き気が込み上げた。

「これが、常態のはずがありませんよね」

「それって空気が悪いことについて？　これって悪霊のせいなの？」

セリの独り言が聞こえた湊が尋ねた。

「さしあたり悪霊そのものは近くにおりません。ですが、ここら一帯が瘴気に満ちています」

湊の脚が止まった。

「セリが言うくらいなら、相当ひどいってことだよね」

同じく立ち止まったセリが、静かな口調で告げる。

「我は他をあまり知りません。ですので比較はできませんが、生まれたての頃なら吐いていたであろう濃さです」

「やっぱり南部、おかしくなってるんだ」

前回来た時も感じたことだ。

ゆえにきび団子屋の店先に設置された野点傘《のだて》に祓いの力を込めて一筆記して帰った。

街全体に瘴気が満ちているのならば、その近辺のみ祓ったところでさしたる効果はなかっただろう。

湊はすれ違う通行人たちを順に見やった。いずれも猫背で下を向き、顔色が優れない。異様に感じられた。

「セリ、瘴気だけでも人に影響が出るのかな」

「はい、出ます。漠然とした不安や恐れを抱いたり、奇妙に落ちつかない気持ちに苛《さいな》まれたりするでしょう。敏感な者であれば、身体の不調にもつながるはずです」

「この間、他人に当たり散らす余裕のなさそうな人が多かったのは、そのせいだったんだ」

ようやく合点《がてん》がいった。

セリが湊の傍らを過ぎゆく者を眼で追う。怒らせていた肩が下がり、深々と寄っていた眉間の皺が浅くなる。

歩みが遅くなり、やがて止まった。呆然《ぼうぜん》と棒立ちになった。

むろん翡翠の光に触れたからだ。

理由のわからない精神的、肉体的不調が一気に解消されたのだろう。

なによりと思いつつ、セリは湊を見上げる。

湊も男の後ろ姿を見ていた。セリへと視線を向け、バッグを持つ手を持ち上げる。

「さっきの方、この木彫りのおかげ？」

端的に訊《き》かれ、セリは頷く。

「そうです。あの人物だけではなく、ここまでの道中の瘴気および悪霊を木彫りがことごとく祓っています」

「そっか、よかった。じゃあ、ここらへんはいつまで綺麗な状態を保てるのかな」

「数年は保つでしょうね。本来なら」

「――そうだよね。前回も木彫りを持ってここを歩いたのに、もう瘴気が満ちているのならおかしいよね」

しばし口を閉ざした湊は、決然と面を上げた。

「褒められた行為じゃないのはわかってるけど、このあたりにも祓いの字を書いていくよ」

静謐《せいひつ》な空気をまとうセリは、感情のこもらない声で言う。

「湊、あなたが祓わなければならない理由なんて、一つもないんですよ。なにより、祓うことを生業《なりわい》とする者たちがいるのですから」

「わかってるよ。でも、南部がこんな状態だってことは目が届いていないってことだよね。それにどうにかできる力を持っていながら、見て見ぬふりをするなんてできない。――じゃないと、いつまでも引きずって後悔するのはわかりきってる。あの時祓っておけばよかったって思いたくないし、言いたくないんだ」

盛大なため息をついたセリが苦笑する。

「あなたはそう言うだろうと思っていました……。湊はホント精神が老成していますよね」

「その台詞《せりふ》、子どもの頃からいろんな人に言われてきたんだよね。なんでだろ」

不可解そうに首をひねる湊の胸部――魂をセリが注視する。

「――そこまで達しているなら、道理なんでしょうけどね……」

そのつぶやきは、湊の耳には届かなかった。

それから湊は、こそこそと店舗の壁や信号機などの目立たない場所に祓いの力を込めた点を筆ペンで打っていった。

まるで道標のように翡翠の光が連なっているが、常人には視えない。

ただし、ごく稀に認識できる者がいる。播磨の従姉妹《いとこ》とか又従姉妹《またいとこ》とか分家の者とか。

この日、『方丈町南部へ急行せよ！』なる命が陰陽寮《おんみょうりょう》よりくだされて駆けつけた陰陽師四名――一条《いちじょう》、堀川《ほりかわ》、播磨の従姉と再従妹は目撃することになった。

人目を憚《はばか》って行動する若い男が、筆ペンで次々に瘴気を祓い、ついでとばかりに悪霊も祓い尽くしていく姿を。

にわかには信じがたいその光景を、路傍に固まる四人はただ眺めているしかできなかった。

「——翡翠の方ぁ、さすがですっ……！」

「でも、眩《まぶ》しすぎますわっ……！　力を込めすぎです、翡翠の方……！」

二人の妙齢の女性が目元を覆って身悶《みもだ》えている。彼女たちが口にした名称を堀川だけが聞いていた。

一条はといえば、目を見開いて突っ立ったままだ。

その身の横に垂らされた腕の先で拳が握りしめられるのを、堀川だけが見ていた。

第5章　管理人の抑えきれぬ欲望

もうそろそろお昼時。家の管理人としての職務を果たした湊は、空腹を感じていた。

冷蔵庫の前に立ち、一番大きなドアを開けて、閉める。野菜室をのぞいて、閉める。最後に冷凍庫をガバリと開けたその顔が絶望に染まった。

「――魚介類がない……」

一つもありゃしない。目当ては魚だ、貝だ、エビだ、イカだ。

つまり海の幸ならなんでもよかった。

湊がここに住まうようになって以来、この冷蔵庫には何かしらの魚介類が常備されていた。

風神と雷神のお土産のおかげである。いつも食べきれない量を持ってきてくれるから、干したり冷凍したりした物を細々と楽しんでいた。

それがいまや、影も形もない。ここのところ二神がご無沙汰のせいであった。

いつ遊びにこられても歓迎できるよう、酒も準備しているというのに。

なぜこないのか。

「寝ておいでか」

『よく寝たー！　って起きたら数十年以上経ってることなんてザラよ、ザラ』

と、いつぞや雷神が笑いながら告げていた台詞が脳裏を過った。

彼ら悠久の時を生きるモノたちは、人間とは時間の感覚、使い方がまるで異なる。

もし彼らが本気で眠ってしまえば、湊が生きているうちにはもう会えないだろう。

「最近はよく起きてるって山神さんも言ってたから大丈夫だろうけど」

二神はほとんど地上に降りないらしいため、厄介事に巻き込まれている線も考えにくい。何より強いので心配はしていない。おそらく世界中をフラフラと放浪しているのであろう。

ともあれ、いかに風神と雷神のお土産がありがたかったか、身にしみて思い知った。

つい抑えきれない欲望を口にしてしまう。

「新鮮な魚介類が食べたい……」

ザバァ！　と神の庭に激しい水音が響いた。

川べりに靴が踏み込んだ時、湊が庭を見た。縁側で丸くなった山神越しに見えたのは、蛇体を身体に巻きつけたスサノオが上陸するところであった。

ぺっと八つの頭を持つヤマタノオロチをはぎ取って川へ落とし、笑顔で歩み寄ってくる。

「よォ、ひさびさだな。とりあえずメシ食おうぜェ〜」

掲げられた紙袋から大魚のお頭《かしら》がのぞいている。

何かと挑みかかってくるスサノオだが、今日はご飯を食べに来ただけのようだ。しかも求めていた手土産付きである。ならば、大歓迎だ。

「いらっしゃいませ。どうぞ、こちらへ！」

縁側に出てきた湊の顔は、かつて見せたこともないほど綻んでいた。

「それはそうと、ヤマタノオロチさんを川に落とすのは、あんまりなんじゃ……」

見れば、かの大蛇は泳いでいる。くるくる回転し、さらには鼻歌も歌い、ご機嫌そうではある。

「気にすんな。あの爺《じい》は泳ぐの好きだしよォ。アイツがいねェとあの門通れねェから連れてきただけだからなァ」

「ということは、通行手形が必要だったってこと？」

「獣が随伴してねェと通れない仕組みになってるみてェだぞ」

「へぇ、知らなかった」

そんな条件があるらしい。

縁側近くまで来たスサノオが寝そべる大狼を見やる。

「爺、邪魔するぞ」

「たわけ。入る前に云うものぞ」

チラリと片眼だけ開けてお小言を漏らした。

軽く肩をすくめたスサノオは大魚の顎をつかみ、紙袋から引き出した。全長四十センチほど。背面は赤く、腹面は白い。アンバランスなくらい口と目玉が大きく、その澄んだ色は新鮮とれたての証であろう。

「ほれ、のどぐろだ」

通称のどぐろ。正式名アカムツ。脂のりがよく、口の中でとろけるほどやわらかいため『白身のトロ』と称されることも。水揚げが少なく、市場に出たら高値がつく高級魚としても有名である。

「ちょうど泳いでたから捕まえてきた」

「釣ってきた、って言わないあたりがスサノオさんらしい」

「こいつは、やっぱ刺し身だろ」

「異議なーし」

「他にもいろいろ持ってきたが、生ばかりじゃ飽きるだろ。焼くから火をおこせ」

「はいよ、いますぐに」

湊も否やはなく、傍若無人相手に言葉遣いの遠慮もない。テキパキと動いた。

縁側のそばにバーベキューコンロを設置し、炭をおこしていると、スサノオも準備に参加していた。

先日食事をともにした折、殿様のごとき横柄さで、湊から上げ膳据え膳されるがままであった男が、である。

なお山神は座布団の上に寝転がったままで、たまにあくびをしている。ついでにいえば、四霊はお出かけして不在、神霊は石灯籠でお休み中である。

「よし。じゃあ、こいつは俺が捌《さば》く」

スサノオはのどぐろをまな板に置き、手のひらを上に向けた。四方から金の粒子が集まり、剣となった。

お馴染みの神剣である。

瞠目《どうもく》した湊は真顔で制止をかけた。

「ちょっと待った！」

「なんだよ」

「その剣で斬ったらダメでしょ」

「いいんだよ、ナニを斬ろうと俺の剣なんだからよ。こいつの斬れ味はお前も知ってるだろォ？」

スサノオの神域で、家屋やビルを斬りまくるのを見てはいる。

「十分すぎるほどに見てるけど。でもあれ、ほとんど剣圧で斬れていたような……」

「こいつ自体、斬れ味がいいんだよ。なんなら試してみるか？」

ほいと腕を伸ばして向けてくる両刃は、鋭く光っている。魚であろうと人であろうとたやすく斬れるに違いない。

そう、あくまで武器だ。いかに外見が美麗であったとしても。おっかない。

「いや、結構。持ちたくない」

「――フツー、目の色を変えて受け取るもんだけどなァ……」

微妙な顔をしたスサノオは、剣で魚を捌きはじめた。

もう何も言うまいと湊は諦めた。通常の剣ではないのだから、衛生面など考えずともよいだろう。

とはいえ、視線を外せない。陽光を弾くその剣身は、いつまでも眺めていたい気持ちにさせられる。

「その剣、妖しいよね。魂を吸い取られそうな気がする」

「俺の剣を妖刀扱いすんじゃねェっての」

「吸い取られなくとも、魅了されてしまいそうな感じがする」

「まァ、間違ってねェな。ひとたび手にしようものなら、己のモンにしてェって抗えない欲が生まれるからなァ」

「わかっていながら渡そうとするとか……。意地が悪すぎる」

スサノオの哄笑《こうしょう》が響く中、湊は目も意識も炭へと向けた。

炭を舐めるように這う火はやはりよい。楠木邸のキッチンはＩＨクッキングヒーターのため、料理する際に物足りなさを感じる。ゆえに、湊は何かと庭で料理をしている。

ようやく川から上がってきたヤマタノオロチが、スサノオの足元をうろちょろしだした。

魚の切り身を剣身に載せつつ、スサノオは片脚に絡んできた一つの首を足蹴にして追いやる。

「ゴルァッ、邪魔すんな。テメェは向こうで酒でも呑んでろ」

ヤマタノオロチは、全員で舌を出しながら尻尾で対抗している。スサノオをからかって遊んでいるようだ。

こちとら腹が減ってるんですけど。

本音を言うわけにもいかず、湊は一計を案じた。

「オロチさん、お酒出しますね」

ヤマタノオロチ対策ならこれに尽きよう。

いやしかし、ヤシオリの酒並みに強烈な酒はあっただろうか。

収納庫の酒瓶を思い浮かべていると、渋面のスサノオに止められた。

「いや、いい。こいつは底なしだからよォ。お前が出すお高い酒じゃ足りねェし、なによりもったいねェ。――これで、十分だ」

パチンと指を鳴らすや、伏せた山神の下方に酒樽《さかだる》が現れた。一斉に八つの蛇頭が舌舐《したな》めずりし、殺到。クルリと酒樽に巻きつき、のぞき込む。そして八つの頭を振りかぶり、顎で蓋を叩き割った。

飛んだ酒の雫が、びしゃっと大狼の顔面にかかる。鼻に滴る雫を舐め取り、鼻梁に皺を寄せた。

『ぬぅ……。単に度数が高いだけではないか』

『わかっとらんねぇ。そこがええやん』

酒の海につかった蛇頭が、一つだけ上がって答えた。八つの蛇頭の中で話すのは、端に生えたこの一体のみである。

『相変わらず、馬鹿舌よな』

山神が鼻を鳴らすと、濡れていた毛から水気が飛んだ。

『なにを言うか。味より、強さよ。酔うにはこれが一番やしな』

一体が語る間も、ゴクゴクと喉を鳴らす音が複数している。七つの蛇体が波打つにつれ、酒の嵩《かさ》が見る間に減っていく。一体が大口を開けて、威嚇した。

『お前ら、呑むの速すぎやろ！』

『その身は一つゆえ、どれで呑んでもよかろうて』

『あかんに決まっとる。酒いうたら、喉越しやんけ。それを楽しまんでどないすんねん！』

絶叫し、ひしめく頭の隙間に頭部をねじ込んだ。


「うっとうしい蛇を遠ざけるには酒が一番だ」

含み笑いをするスサノオは、大皿に切り身を盛りつけている。そこにはあらかじめ、海藻やら大根やら大葉やらのツマが置かれてあり、見栄えにまでこだわりが表れていた。

その大皿を受け取った湊は、ひたすら感心するしかない。

「結構マメだね」

「見た目も大事だからなァ」

いいことを言いながらも、その片手に握るのは、神剣である。

「剣じゃなかったら、もっとよかったのに……」

本心をつぶやきつつ、湊はスサノオから新たに渡された一尾の鯛《たい》を抱えてキッチンへと向かった。

炊飯器に鯛めしを仕込んだら、あとは待つばかりである。

調味料を持って庭に戻れば、コンロの網にズラリと貝が並んでいた。サザエ、アワビ、白ばい貝。

同じ味付けをしようと、いずれの味も異なるから楽しめるだろう。

とはいうものの、つぼ焼きばかりでは飽きそうだ。

「白ばい貝は刺し身でも食べたい。あ、酢の物にしてもいいかも」

「いいねェ」

同意したスサノオがトングで巻き貝の位置を変えている。

醤油《しょうゆ》と味醂《みりん》の合わせ調味料をたくせば、新たな食材を提示された。

「ああ、そういやァ、しじみもあるぞ」

「なんとっ、しじみ汁が飲みたい……！」

「つくればいいじゃねェか。砂抜きは済ませてあるからなァ」

「ありがてぇ……！　でもマメにもほどがある」

高揚して告げたあと、真顔になった。

スサノオは軽く顎を上げ、トングをカチカチ鳴らした。

「だろ、恐れ入ったか。——ま、下処理したのは俺じゃねェけど」

「側仕《そばづか》えの方とか？　もしくは漁師の方とか？」

「いや、俺の奥さん」

「お、奥方様」

まさかの名称に、湊は仰《の》け反《ぞ》った。

そのうえ、どちらの御方なのか少々気になった。

スサノオには、后《きさき》が二神いると一般的に言われている。

ヤマタノオロチから救われた悲劇のヒロイン——クシナダヒメと、山の神の娘たる——カムオオイチヒメだ。

湊は、好奇心からその真偽を山神に訊いたことがあり、真実だと教えてもらっている。

しかしスサノオはそこには触れず、縁側に置かれた紙袋を顎で示した。

「手土産を持参するのが常識だと言い張る奥さんたちに、のどぐろの一夜干しだの、出雲《いずも》そばだのいろいろ持たされたから好きに食えよ」

「ありがとうございます……！」

「地酒もあるんだけどよォ——」

スサノオが湊の頭から足の先まで見やる間、湊があっさり言う。

「そっちはすみません。俺、酒が呑めない体質なんで」

「やっぱりそうか」

『なんやと！』

察していたスサノオの言葉と酒樽から一体の蛇頭がもたげられたのは、ほぼ同時であった。

『しゃ、しゃけが呑めんとはっ、しゃぞかし辛《つら》かろう……ッ！』

頭をふらつかせたヤマタノオロチの不明瞭な台詞は、湊には聞こえていない。けれども、あの世の終わりを嘆くかのごときその悲愴《ひそう》な表情から、同情されているのは丸わかりであった。

「いえ、あの、俺は辛くないし、悲しんでもいないですけど……」

むせび泣くヤマタノオロチに湊だけが焦っていた。

さて、いよいよ念願の新鮮な魚介類を用いた昼食会である。

庭のテーブルに所狭しと置かれた皿の数々。それを囲うのは、山神、スサノオ、湊。ヤマタノオロチは縁側で高いびきをかいて爆睡中である。

湊はいつも通りコンロ奉行と化しているかと思いきや、スサノオが代役を担っていた。

「ほれ、爺。食べ頃だぞ」

山神の皿へと置かれたのは、白ばい貝のつぼ焼き。ぶくぶくと汁が煮立っている。

「うむ」

出来立てアツアツであろうと、山神は意にも介さない。己が爪を一本だけ長く伸ばし、器用に身を取り出す。なお、身を取り出しやすいように貝を押さえているのは、隣に座る湊であった。

まずはスンスンと素材の香りを楽しみ、かぶりついた。

「ぬぅ……。淡白な味わいなれど、この厚みのある食感はよき」

「バターソテーにしてもおいしそうだよね」

「うむ。それにしても、絶妙な火の通り具合である」

大狼が褒めると、スサノオはエビをひっくり返しつつ片側の口角を上げた。

「おう、ありがとよォ。エビも焼けたぞ、食えよ」

ドンと湊の皿に載せられた。

「ありがとうございます」

礼を述べる湊は終始笑顔だ。

来客がホストを務め、采配を振るっているが、湊は歓迎している。こういう仕切り屋の存在は、心底ありがたい。こだわりが強く多少口やかましくても、任せておけば食材が最高の状態で提供されるからだ。

似たタイプの身内を思い出した。

「兄さんとおんなじだ」

「あ？　なんか言ったかァ？」

「いや、なんでもないよ」

兄とスサノオの性格はまったく異なるため、混同することはありえない。思いながら、湊はエビの殻をむきつつ、目線を上げる。そびえる雄大な御山が視界を埋めた。

海が近場にないにもかかわらず、山のそばで新鮮な魚介類をいただけるとは、なんとも贅沢《ぜいたく》なことだ。

至福だと思っていると、不穏な気配を察知した。

裏門方面の空から、光が猛スピードで迫ってくる。

「あれ、なんだろう……」

湊が手を止める中、二神は一瞥しただけだ。スサノオは刺し身を小皿の醤油に浸し、山神は酒を舐めている。二神の様子から、気にするような存在ではないらしい。

しかし気になって目を凝らすと、その正体に気づいた。

最初、光は一つに見えていたが、二つであった。

黒と白。色違いの狐である。ツムギと稲荷神の眷属であろう。懲りずにまた争っているようだ。

「我がここから追いやった程度では、なんの抑止にもならなんだか」

山神が深々とため息をついた。

「ツムギ、また南部のお稲荷様のとこの眷属と揉めてるんだね……」

「あれは一方的に突っかかってくるゆえ、相手をせざるをえんのであろうよ」

「ツムギが負けることはないだろうけど」

「むろん。あやつが負けることなど、万に一つもありえぬ。格が違いすぎるゆえ。とはいえ、全力で叩き潰すわけにもいくまい。手加減しながら相手をするのは、なかなか骨が折れるであろうよ」

山神はやや同情的だ。

「うむ、このイカ、コリコリの食感もさることながら、甘みも強し。たいそうよき」

むしゃむしゃとイカの刺し身を頬張っているけれども。

そんなやり取りをしている上空で、二匹の狐が争っている。

取っ組み合って、離れて、また衝突して。

「黒狐め！　何度言ったらわかる。我が領域に足を踏み入れるなと！」

「踏み入ってません。大幅に避《さ》けました」

「いいや、我の領域だった。南部全体が我が領域なんだぞ！」

「ふざけたことを言わないでください。たかだか眷属の一匹にすぎないあなたの領域なわけがないでしょう」

苛立《いらだ》たしそうなツムギが、大口を開けて迫りくる白い狐を田んぼの方へと尻尾で弾《はじ》き飛《と》ばした。

ツムギは前回のことを反省しているようで、白い狐を楠木邸の上空から離そうとしている。けれども白い狐は執拗に楠木邸近辺に戻ってくる。

「あの若い子は学習しないのかな……」

思わず湊はつぶやいた。山神に光の矢で射貫《いぬ》かれ、ふっ飛ばされたであろうに。

それもあるが、楽しいお食事会が台無しではないか。

たとえ神域内に影響はないにしても、狐同士の戦いを鑑賞しながら飲み食いするのは気が進まない。

嘆息した湊が箸を下ろした時、鯛めしを咀嚼し終えたスサノオが口を開いた。

「おい、ウカノミタマんとこのガキ。うっせェぞ」

怒鳴ったわけではない、普通の声量であった。

にもかかわらず、ツムギに躍りかかろうとしていた白い狐の毛が総毛立ち、凍りついたように動きを止めた。

白い狐が恐る恐る斜め下方を見た。スサノオは背を向けている。

ちらりと振り仰いだだけで、ふたたび飯碗《めしわん》に箸をつけた。

「ス、スサノオ様ッ！　なぜこんな所に!?」

「あァ？　俺がどこにいようが俺の勝手だろォ。――鯛めし、うっめェ。すげェ味が染みてるぞ」

スサノオに言われ、湊は目を瞬いて苦笑した。

「よかった。鯛がうまいのはもちろんだけど、炊飯器のおかげだよ」

「あれだろ、イマドキの炊飯器はあらかじめ米を浸水させる必要はないんだろ」

「そう、炊飯の工程に浸水が含まれてるからね。昔と違ってすごい便利になってるよ。って、詳しすぎでは？」

まったり日常会話が繰り広げられる地上と違い、上方で白い狐が焦りまくっている。ツムギとの諍《いさか》いを再開するわけにもいかない。


なにせスサノオは、己が主であるウカノミタマの父神だ。


箸を止めることのないスサノオが、再度不思議な声を白い狐に向ける。

「わかってんのか、いま真っ昼間だぞ。テメェらの争いが視える人間も少なからずいる。だいいち――」

スサノオの身から神気が立ち上り、後方の景色が歪んだ。

「よそんちに迷惑かけんじゃねェ」

ドスのきいた低音に、白い狐は震え上がった。

「も、申し訳ありませんでしたっ」

来た時の倍の速度で南部方面へとすっ飛んでいった。

ツムギは宙に座って浮かんでいる。楠木邸へ向かい、一度深く頭《こうべ》を垂れると、己が住まい方面へと歩んでいった。


二色の狐が去った空にはやわらかな風が吹き、野鳥が羽ばたいていく。青い空に映えるその姿が山の木立に紛れるのを見送った湊は、ほっと息をついた。

やはり楠木邸近辺は静かでなければ。喧騒《けんそう》は御免こうむる。

「スサノオさん、ありがとうございました」

「おう。わりぃな、まだまだ青くせェガキんちょでよォ。いくら気になる相手だからって、ちょっかい出すにも限度があるよなァ」

刺し身を口へと運ぼうとしていた湊の動きが止まる。

「あれって、そういう意味だったんだ」

白い狐は、ツムギに気があるらしい。

おそらくイチャモンをつけないと、構ってすらもらえないのだろう。それにしても手段がマズすぎると思いつつ、山神を見やると軽く鼻を鳴らされた。その細められた両眼から、気づいていたのは明らかだ。

「ツムギは物腰がやわらかくとも、気位はべらぼうに高い。赤子のごとき小童なぞ歯牙にもかけまいよ。果てしない力量差でもある。あの小童では、埋めるのにいかほどの時がかかろうか……」

ククククッと底意地の悪い笑い方を披露してくれた。

「ところで――」

そう口火を切ったスサノオが石灯籠へと視線を流した。その柱の陰に身を潜めたエゾモモンガがいる。様子をうかがっていたようだ。

「あ、起きたんだ」

湊が言うや、スサノオが顎をしゃくった。引っ張られたようにエゾモモンガが宙を飛ぶ。弧を描いて向かってきた白い小動物をスサノオは片手でつかみ取った。

顔色を変えた湊が席を立つ。

「ちょっ、いじめないでくださいよ！」

「そんなことするわけねェだろォ」

スサノオはエゾモモンガの後ろ首を摘み、目線に掲げた。

神霊は怯《おび》えることもなく、真っ向からスサノオの目を見ている。

「お前は、ここでなにをしている」

平坦《へいたん》な声で問われても、神霊は口をつぐんだままだ。

神霊が声を発しないのはいつものことで、スサノオも何も言わないことから、念話で会話をしているのだろう。

心配から立ち上がった湊であるが、二神を取り巻く静謐な空気に口を挟めなかった。

横を向くと、山神が酒坏《さかずき》の酒から面を上げた。

「そやつらは身内ゆえ、気にやまずともよい」

「身内!?　じゃあ、神霊も神格が高いってこと?」

「そこそこぞ。我の足元にも及ばぬ」

「はあ、そうなんだ……」

ふんぞり返る大狼には呆れるしかない。

「まぁ、身内ではあるが、かなり遠い。そやつはイザナミの子、カナヤマヒコとカナヤマヒメの系譜である。一般には二神の子であるカナヤコが、鍛冶に関連する神として知られておろう」

「ああ、だから火を扱えるんだね」

「左様」

湊が着席して見上げると、スサノオが静かに四霊を見つめていた。

「――お前はもうガキじゃねェ、好きにすればいい。爺に新たな体をもらったんだからどこにだっていけるだろ。まァ、このまま爺のとこで世話になるのもいいだろうよ」

話の決着はついたようだ。

エゾモモンガは大きな黒眼を瞬かせ、身動《みじろ》ぎした。スサノオの手から逃れようと両手足をバタつかせるも、まったく歯が立たない。

スサノオが目を眇めた。

「オメェ、いまだにまともに力が遣えねェのか」

突然エゾモモンガが停止し、ボッとその身が炎に巻かれた。その黄色の炎はスサノオの手をも包んでいる。

けれどもスサノオは眉一つ動かさない。

ふっと息を吹きつけるや、たちまち炎は消し飛んでしまった。

「なっさけねェなァ、この程度かよ。ほれ、もっと抵抗してみろ」

人差し指でエゾモモンガの腹部をつついている。

またも炎が出現。その範囲を広げたり、温度を上昇させたりと神霊が必死になっているが、スサノオは嗤いつつ「ほれ、ガンバレガンバレ」とつつき回している。

さすがにやりすぎであろう。

湊が止めようとした時、スサノオの後方から忍び寄る影があった。鎌首をもたげた一体の蛇の口から舌が長く伸びる。ぐるりとエゾモモンガの胴体に巻きつき、スサノオの手から奪い取った。

『小僧、ええ加減にしとけや』

扇状に広がる八つの蛇頭がスサノオを睨み据えた。

「んだよ、ちょっと遊んだだけだろォ」

興が削《そ》がれたとばかりに肩をすくめ、食事を再開した。

エゾモモンガはといえば、舌に巻き上げられた状態で、ガタガタ震えている。その真横に、赤いアギトが開いており、上下の牙がギラリと陽光を反射した。

ぱっくんちょされることはなかろうが、絵面がひどい。

思う湊とのもとへスサノオの頭上を越え、エゾモモンガを巻き取った首が伸びてくる。

「あ、ありがとうございます」

両手を差し出して受け取ると、エゾモモンガはその指にひしっと抱きついた。よほど心胆寒からしめたようだ。

両手で包み込むように抱えながら首をめぐらすと、大蛇はにょろにょろと地面を這って縁側へと向かっていく。酒樽にたどり着くや、八つの頭を一斉に突っ込んだ。

『ヌフフフッ。やはりこれよ、これぇ〜』

助けてくれてたヒーローは、どうしようもない呑んだくれぶりを晒《さら》していた。

第6章　いざゆかん、かの山へ

縁側で湊がくつろいでいると、朝から自宅へ帰っていた大狼が、その背に竹籠を乗せて戻ってきた。あふれんばかりのヤマモモが日の光を弾いている。

「おかえり山神さん、大収穫だね」

「そうであろう。どれもとれたて新鮮ぞ」

縁側の際まで寄りついた山神は、湊へ見せびらかすように体を傾けた。恒例のおすそ分けである。

湊が両手で恭しく受け取ると、山神は縁側に飛び乗り座布団に腰を落ちつけるや、まっすぐ背筋を伸ばした。

やけに顔つきも凛々《りり》しくて、湊は訝しげに眉根を寄せた。

なんだろうか、この物々しさは。いつもであれば、すぐに座布団の上でゴロゴロするだろうに。

妙な雰囲気につられて正座すると、山神が重々しい口調で告げた。

「お主に折り入って頼みがある」

「俺にできることならなんなりと」

即座に答えたら、山神の視線が竹籠へと流れた。

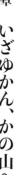

「このヤマモモと本日の茶請けを交換してもらえぬか」

一瞬の間。

「――ん？　それだけ？」

頷かれ、拍子抜けした湊の背中から力が抜けた。

「なんだ、びっくりした。もちろんいいよ。物々交換みたいだね」

「むろんそのつもりぞ。相手の物がほしくば相応の品と交換を申し出るのが、神の世界では常識ゆえ」

「へぇ。まぁ、通貨がないならそうなるか」

「左様」

かつての人類もそうであった。

「今日のお菓子は、〝和菓子屋さがみ〟のみたらし団子だけど、それでいい？」

ただのみたらし団子ではない。甘辛い餡《あん》がとろ～りとかかった団子の中にギッシリこし餡の詰まった、山神のお気に入りである。

それを想像した山神の前足がそわっと動いた。

が、すぐさま耳を下げて惜しそうな表情に変わる。

「――致し方なし。我好みの物ならやつも気に入ろうて……」

小さな独り言であろうと、湊は聞き逃さなかった。

「やつ？　どなたかに差しあげるってこと？」

「左様。この間のみかんの礼に、な」

神霊の歩行訓練のためにつくった、ボールの中に入れたみかんのことだ。いずこかの山の神が飛ばしてくれたという。

「――そっか。先方の方もこし餡が好きなんだね」

「否。味にはうるさいが、我のごとく偏食ではない」

「自覚がおありでしたか」

山神は澄ました顔で、リビングにあるみたらし団子の箱を一瞥した。相当名残惜しそうだ。

湊は吹き出しそうになりながら提案する。

「――みたらし団子は山神さんが食べればいいよ。そちらの方には、この間もらったつぶ餡のお菓子をお返ししたらいいんじゃないかな」

「ほう？」

「待ってて、両方持ってくる」

軽やかにゆれる尻尾に背を押されるように湊は席を立った。

というわけで、当たり前のごとくよその神へのお返しはつぶ餡のもなかに決定した。山神が苦手な菓子である。

山神は至福の表情でみたらし団子を平らげると、おもむろに腰を上げた。

その足元には、菓子折りがある。

またぶっ飛ばすつもりか、と湊は急いで茶道具を片付けようとすれば、山神に待ったをかけられた。

「そう構えずともよい。今回は飛ばさぬゆえ、風も吹かぬ」

「――もしかして、やわらかいお菓子が入ってるから？」

「左様。これを我の足で飛ばせば原型すら残るまいよ」

「そうだよね。傷一つもなかったこの間のみかんの方が普通じゃないよね」

「うむ。あれは、神がつくりし実ゆえ」

「――すごいな。一つ気になったんだけど、神様も農業をされるんだね」

「稀に趣味でやるモノもおるが、たいがい眷属が担っておるぞ」

「へぇ、そうなんだ」

「ぬ！」

急に山神が鼻梁に皺を寄せた。

「しもうた……！　我としたことがうっかり忘れておったわ。花の礼もせねばならぬ」

「ああ、手水鉢の花か。確かに」

「それに水もな」

「水？　もしかして筧から出てくる水は、山神さんちのものじゃなかったってこと……？」

疑問符を飛ばす湊を後目《しりめ》に、山神は菓子折りを開けようとした。

「待って、山神さん。まさかお菓子を分けるつもりじゃないよね？」

「そのまさかぞ。三等分……否、四等分すればよき」

「そんなにお礼をため込んでたの!?」

山神が筧へ顎をしゃくる。

「あれの水の出処《でどころ》は、三山《さんざん》ゆえ」

「——知らなかった」

「なにゆえ。毎日水の味が異なっておろうに」

「ちょっと違うような気もしてたけど、気のせいかと思ってた……」

山神に半眼で見られ、一瞬声が詰まった湊であったが咳払《せきばら》いで誤魔化す。

「ともかく、菓子折りを開けるのはよくないよ。お礼なんだから、裸で渡すのはいかがなものかと思う」

「神は気にせぬぞ。いかに御大層な菓子箱であろうと食えはせぬ」

「そうだけども！　四等分になんてしたら、一神あたりの数も少なくなるよ。もう一回待ってて、まだ菓子折りいっぱいあるから持ってくる。俺もお世話になってるからお礼したいし」

湊は再びリビングへ向かった。

湊と山神の間——座卓上に、菓子折りが四つ並んでいる。至る所で当たったり、もらったりするおかげで、この家は菓子折りに事欠かない。実家へ送る前だったこともあり、数も豊富にあった。
やや前のめりになった湊が尋ねる。

「それで、この菓子折りをどうやってよそ様に送るの？」

興味津々である。

もしかして、竜宮門のようなモノが現れるのだろうか。それとも、山神自らお届けにあがるのだろうか。

「――いや、それはなさそうだ……」

つい口をついて出てしまい、山神が小首をかしげる。

「なんぞ？」

「なんでもないよ。お気になさらずに」

「うむ。ならば、送ろうぞ――」

期待に胸を膨らませる湊の正面で、山神は耳を倒して半眼になった。ほどなくすれば山側の塀にテン三匹が現れた。期待に反して、彼らに託すようだ。

とはいうものの、箱入りたちの世界が広がる好機ともいえよう。

「ぬしらに使いを言い渡す」

山神が厳かに宣《のたま》うと、眷属たちは硬質な雰囲気をまとった。

「その前に、これらを与えようぞ」

大狼が顎を上げれば、眷属それぞれの身を風がくるりと取り巻き、ちょっき――ではなく胴着が装着された。背面に小ぶりのリュックが付いている。

すぐさま反応した三匹は背中を見せ合うと、顔を輝かせた。当然ながらサイズもぴったりで、白い体毛に黒いリュックがよく映えている。

「似合ってるよ」

にこやかに湊が告げると、数度跳ねたウツギが後方宙返りをして後ろ足で立った。

「すごいっ、コレ！　つけてないみたいに軽い！」

セリとトリカも塀を走り回って動きを試している。

「ええ、本当に軽いです。うっかり背負っているのを忘れてしまいそうなほどに」

「だな。腕の動きもまったく問題ない」

「よかろう、我が夜なべしてつくったりゅっくぞ」

跳ねる三匹がうれしげに礼を述べるのを得意げな山神が受けている。

昼日中にちょちょいとつくったのだが、どうしても、夜なべと言いたいらしい。

真実を知っていても湊は口をつぐんでいる。その表情は慈愛に満ちていた。


眷属たちは話し合いの末、セリが二神分を担当すると決めたようだ。

それぞれ菓子折りをリュックへと詰めていく。小さな入口に、それ以上のサイズの菓子折りが吸い込まれていく光景は、実に不思議である。湊は感心して見入った。

「魔法みたいだよね」

「似たようなものであろうよ」

山神は笑って答えたのち、並ぶ眷属たちに向き直る。

「準備は整ったな。ならば、ぬしらに目的場所を送ろうぞ」

――送る？

一人疑問に思う湊と違い、三匹は頷いた。

山神の頭部が軽く前方へ動くと、眷属たちが押されたように仰け反る。脳に直接地図を送っていた。

三匹は幾度か眼を瞬かせ、表情を引きしめた。

「わかり……ました。おそらくたどり着ける……と思います」

やや自信なさそうなセリの横で、トリカが顔をしかめている。

「山神、この情報はかなり古くないか？　山から見える景色が全然違うんだが……。それに先方の近くに建つ数少ない家らは、茅葺《かやぶ》き屋根というものか？　はじめて見たぞ」

「それ我も思った。どこの家も台風でも来たらあっさりふっ飛ばされそうな頼りなさだよね。この記憶さぁ、だいぶ昔のじゃないの？」

おでこをさするウツギも不満げだ。

山神が不遜に鼻を鳴らす。

「情報が古いのは致し方なかろう。我もしばらく遠出は控えておったゆえ」

「ああ、でしたね」

「――そういえば、そうだな」

「あ、そうだった」

山神の記憶をそれなりに有する二匹はそれ以上、何も言わなかった。

「なに、山々《やつら》も各地で相当な幅を利かせておるゆえ、ある程度近づけばいやでも知れるであろう」

「時代は変わっても、山の形自体はあんまり変わらないよね。あと海とか川の位置とかも。できるだけそういう大きな自然のものを目印にした方がいいんじゃないかな」

湊が口を挟むと、三匹は眼をつぶる。

しばらくして瞼を上げた。

「はい、いけそうです。できるだけ高い位置から眺めていきます」

「ああ。あいさつして菓子折りを渡したら、すぐ戻ってくる」

「ぴゅ〜っといって、パッパッと渡してくるよ！」

勝手がわからない湊は、ただ頷いた。

「では、いって参ります」

「いってくる」

「湊、じゃあねー！」

「いってらっしゃい。気をつけて」

湊が手を振るや、三匹は駆け出す。風とともに三方へ白い流星が走った。

あっという間に青空の彼方へと彼らが去り、庭には滝の音が響いた。

どっこらせと山神が横になると、湊も湯飲みを手にした。

「山神さん、ちょっと聞きたいんだけど、お使い？　御《み》使いだっけ？　そういうのって早く終わらせなきゃならないものなの？　みんなそう思ってるみたいだったよね」

「やむをえまいよ。ウツギは二度目とはいえ、今回はそれなりの遠出になる。セリとトリカは正真正銘の初ぞ」

「ああ、じゃあまだ余裕はないのか。使命感に燃えてるって感じ？」

「左様。そのうち使い帰りに道草を食うようになるに決まっておる。どこぞの狐の眷属のごとく、な」

山神が喉奥で嗤う。

が、機嫌よさげだったのも束《つか》の間《ま》、牙をむいて怒気を発した。唐突な豹変《ひょうへん》に湊は茶を吹き出しそうになった。

風が渦巻き、大気が唸る。その中央で床板を踏みしめ、毛を逆立てた山神が牙をむいた。

「なに!?　菓子を寄越せだとッ!?」

さらにはご近所さん《天狐ん　ち》へ向けて、ガルガル吠え出した。

天狐さんから通信が入ったらしいと気づいた湊は、湯飲みと急須を抱え込んだ。

ついでに脳内で天狐の艶《つや》やかな声が自動再生された。

『わらわに寄越さんとは、ケチな狼じゃの』と。

山神の毛という毛が尖り、その身を取り巻く竜巻の中に火花が舞い躍った。角度を変えた竜巻の先端が天狐宅へと狙いを定めた。

「寝言は寝て云うがよいッ。ぬしにやる菓子折りなんぞあるか！　これでも喰うておけ!!」

咆哮《ほうこう》をあげ、風の砲弾が放たれた。高速回転して火花をまき散らして飛んでいく。小ぶりな三角《さんかく》山《やま》へと向かうのを湊はただ見送るしかなかった。

山神が強制的に念話を遮断すれば風がやみ、ストンと毛並みが落ちつく。おもむろに鼻先を湯飲みに突っ込んだ。

残り少ない茶を時間をかけて舐めたのち、

「冷えた茶もよき、なれどあたたかな茶はもっとよき」

あからさまに催促してきた。心を落ちつかせたいのだろう。

「――はいはい、いまお持ちしますよ」

深々と息をつき、湊は座卓に片手をついて立ち上がる。少しふざけて言ってみた。

「今日の夕飯、いなり寿司《ずし》にしようかな」

ギロッと身を貫かれそうな眼光を向けられてしまった。

数時間後、トリカが意気揚々と帰ってきて、次にセリが戻ってきた。

その二匹が縁側に腰掛け、黄金色に染まりゆく御山の稜線を見つめている。

もう夕刻である。

そちら方面へひた走っていったウツギは、まだ戻らない。

「遅いですね……」

「だな。ウツギはここから一番近い山だったんだが……」

心配そうな彼らは視覚を共有していない。お使いを終わらせてから、みんなで報告がてら話そうと決めていたらしい。

二匹の後方には、座卓についた湊と座布団に横臥する大狼がいる。

「ウツギ、すぐ帰ってくるって言ってたのになぁ……」

むろん湊も心配で、夕飯の支度にも取りかかれていない。

一方、山神は爆睡中である。呼吸に合わせて鼻提灯《ちょうちん》が大きさを変えている。

「のんきだなぁ、山神さんは」

呆れた湊は、セリに向けて言った。

「ウツギのことだから、物珍しいなにかに気を取られて時間を忘れてるのかな」

「――ありえますね。好奇心の塊ですからね」

セリは賛同したが、トリカは鼻筋に皺を寄せた。

「確かにウツギは散漫なところはあるが、使いの最中だぞ。多少足を止めることはあっても、時間を忘れるほど夢中になんてならないだろう」

厳しい顔つきになったセリがトリカを見やった。

「――そうですね。使いを果たすと燃えていましたし」

「しかも、はじめて山神から与えられたリュックを背負っている最中に、だぞ」

「ありえませんね」

頷き合う二匹を見て、湊が顎に手を当てる。

「あれかな。どこかに迷い込んで帰ってこられなくなってるとか？」

「——絶対にないとは言いきれませんね」

「——だな。やむをえん。ウツギの視覚をのぞいてみるか」

セリとトリカが半眼になり、ウツギの視覚につなげようとした時、山神の眼《まなこ》がかっぴらいた。

ゆっくりと身を起こし、沈みゆく太陽を見据える。

湊と眷属たちはただならぬ雰囲気に気圧《けお》され、固唾を呑んで山神の言葉を待った。

「ウツギのやつめ、隠されおったわ」

「えっ、誰に!?　どこに!?」

うろたえる湊と違い、セリとトリカは無言だ。

「むろん、ウツギが向かった神の神域にぞ」

山神はそっけなく告げた。

「なんで……。みかんをくれた神様だよね？　山神さんと仲がいいんじゃないの」

「なに、至って普通である」

セリとトリカが横槍《よこやり》を入れる。

「いえ、結構いい方かと。我らは記憶でしか知りませんが、酒を酌み交わしてどんちゃん騒ぎする程度には仲良しですよ」

「だな。時折大地を駆け回ってはしゃぐくらいには仲がいいぞ」

「ぬしら、いらぬことを云うでないわ」

暴露された山神は複雑そうだが、そこに深刻さはない。湊は力の入っていた肩を下げた。

「じゃあ、あれかな。ウツギを気に入ったから帰したくなくなったとか？」

「おそらく、山神をおびき寄せるために捕らえたのだと思います」

セリがやや申し訳なさげに伝える。

「な、なるほど……」

湊が正面を見やると、山神は深く息を吐いた。

「致し方なし。迎えにいかねばなるまいよ」

面倒そうに言いながらもリビングへ向けて、ちょいちょいと手招いた。飛んでくるノートパソコンを尻尾を振りつつ待ち構えている。

それを見てトリカが小首をかしげた。

「山神、そんな物を使ってなにをするつもりだ？」

「たぶん、現地でしか食べられない和菓子の情報をネットで調べるんだと思う」

山神の思考をよくよく理解している湊が答えた。

○

いざゆかん、ウツギが捕らえられし山へ。

そう意気込んだ山神と湊の姿は、翌日の昼過ぎ、他県の駅の改札口にあった。かの山からやや離れた大きな駅である。

なぜなら、かの山の最寄り駅周辺はあまり栄えておらず、山神が惹かれる店がなかったからだ。

つまり思いっきり道草を食っていた。

整備された道を歩む大狼が軽やかに尻尾をゆらせば、煌《きら》めく粒子が舞い散った。が、誰の視線を集めることもない。今日も今日とて無意識に避《さ》けられ、人垣の真ん中を悠々と通っていく。

「もうこれ、ただの旅行だよね」

苦笑する湊は山神ともども、駅弁で腹ごしらえをしたばかりだ。

ウツギの危機！　と焦る様子は微塵もない。

なにせ相手は気心の知れた神であり、ウツギに無体を働くはずもないと山神は知っている。

「たまには物見遊山もよかろう」

「まぁね。俺、こういう旅ってあんまり経験ないよ」

目的はあれど時間の制限もなく、山神が所望する食べ物を堪能《たんのう》する旅路になっている。それをなすには銭が不可欠のため、湊が随伴してきていた。

「とりあえず、よもぎまんじゅうをいただこうぞ」

「あいよ」

ウキウキの大狼が目指す店は通販を行っておらず、現地でしか食せない逸品である。よもぎは目指すかの山の名産であり、かつ湊の好物でもあった。

無個性な建物が棟を寄せ合う区域を抜け、食料品の雑多な匂いをかき分けて進むうち、山神が角を折れた。

湊も続くと、そこは狭い道であった。やや蛇行して枝分かれするようにいくつも左右へと延びている。

山神が顎を上げ、すんすんと鼻を鳴らす。

「うむ、よもぎの香りが近い。もうすぐぞ。あと十数メートルほどであろう」

「鼻がよすぎる。地図がいらないレベルだね」

楽でいいと思う湊であるが、さすがに口には出さず事実だけを言う。

「駅弁食べてからまだそんなに時間は経ってないけどね」

「英気を養わねばならぬ。腹が減っていては戦《いくさ》ができぬであろう」

「戦？　ただウツギを迎えに来たんだけじゃなかったっけ……？」

不思議そうな湊が、唐突に立ち止まった。

表情を引きしめ、じっと行く手を見つめた。山神も歩みを止め、同じ方向を眺めている。

「――荒々しい神気が近づいてくるような気がする……」

湊がつぶやいた時、前方に光の塊が見えた。

サッカーボール程度の大きさで地を這いながら、道なりに沿って向かってくる。

恐るべき速さであった。瞬きする間に横を駆け抜け、遅れて吹きつけてきた風圧で湊の頭髪、山神の毛がなびいた。驚愕《きょうがく》をあらわにする湊に反して、その姿を明確に捉えていた山神は平気の平佐だ。

「あやつは、なにをしておるのか……」

眇められた金眼が横へと流れた。そこには脇道があり、その奥からまたも光の塊が迫りくる。

「また？　なにごと？」

混乱する湊の後方を突き抜け、反対側の道へと去っていった。さして待つまでもなく、今度は斜め横手から現れ、路地を渡ってまた脇道へと消えていく。

お次は後方から――と縦横無尽に通りを駆けめぐる光の塊を湊はずっと目で追っている。

「全部、同じモノだよね」

「左様」

あくびをする山神は呆れている。

その間も絶えず光の塊が駆け回り、その勢いは衰えないどころか増している。にもかかわらず、山神と湊を器用に避けているのには感心するしかなかった。

前方へと遠ざかっていく光を湊は目を凝らして注視した。

「あれは神様の眷属だよね」

「うむ。姿を隠しておっても眷属だと認識できるようになったか」

「うん。神様が放つ神気ほどの濃さはないなと。でもまだ光の塊にしか視えないけど……」

山神が湊の瞳をのぞき込むように見上げた。

「じきに明確に視えよう」

神託のような厳かさを含んでいて、湊が目を見張る。

清涼な空気感を醸し出す一神と一人の横を、光と風がぶった斬るようにかすめていった。

山神のヒゲがぴくりと上がる。

「そこなぬし、止まれ」

地鳴りをともなう一声が路地に反響するや、光の塊が前方で止まった。

数歩先にいるそれを、湊は身を乗り出して凝視する。

四肢を持つ獣のようだ。そう気づいた途端、にじむように姿が浮かび上がってきた。

ずんぐりとした体型、茶色い毛に覆われたその背に数本の筋が走っている。

猪《いのしし》の幼体――うりぼうであった。

湊の顔がほころぶ。

「あ、かわいい」

「うむ、まだまだ小童よ。セリらとさほど変わらぬ歳であろう」

「じゃあ、仲良くできるかもしれないね」

「そうさな。こやつは今日向かう予定の神の眷属ゆえ、いずれ相まみえよう」

「おお、なんという偶然！」

のんきに会話する山神と湊を、うりぼうは鼻先を忙《せわ》しなく動かして交互に見ている。

「ご、ごめんなさいであります、通行の邪魔をしてしまって！」

若干耳を下げ、短い尻尾も絶えず動く。反省しているようだが、落ちつきがない。いてもたっていられない様子なのはありありとわかった。

「邪魔というわけでもないけど……」

湊は困ったように告げた。

ほとんど人通りがないのが、せめてもの救いであろう。神の類が認識できない者でさえ、何かしらの異常を感じ取れそうなほど、うりぼうの徘徊《はいかい》は執拗であった。

「なんで何回もこのあたりをうろついていたの？」

湊が訊くと、うりぼうの大きな眼がうりゅりゅと潤んだ。

「お使い途中に大切なモノを落としてしまったので、探しているのであります……！」

ぽろぽろと大粒の涙をこぼしはじめた。慌てた湊は駆け寄り、その背中をなでる。

「よしよし、落ちついて」

ややあって、ひとまず涙は引っ込んだ。

ブヒブヒ鼻を鳴らすうりぼうのそばに、大狼が寄りついた。真上から見下ろすその顔つきはたいそう厳しい。

「小童よ。失《う》せ物《もの》は、よもや神の実ではあるまいな」

硬質な声で詰問され、うりぼうは震え上がる。

「――うう、その通りであります」

わーんとふたたび泣き出してしまった。

「山神さん！」

つい湊は責めるような目を向けてしまった。

が、山神のゆらめく神気に気圧される。

「一大事であるぞ」

「えっ？」

目を大きくした湊は、事の重大さを理解できていなかった。


場所を近場の公園に移した。

猫の額ほどの敷地には申し訳程度の遊具しかない。それらを見渡せるベンチに山神と湊が座し、正面の地べたにうりぼうが佇んでいる。常にあちこちへと鼻先を向けて嗅ぎ続けており、腰を落ちつけようともしなかった。

山神が嘆息する。

「やみくもに探したところで見つからぬと、いやでも知れたであろう。ひとまず、嗅ぎ回るのをやめるがよい」

「――はい」

案外素直なうりぼうは、鼻を下に向けてうなだれた。

「それで山神さん、一大事とは？」

問うた湊を山神が横目で見やった。

「お主もさんざん神の実の魅力に惑わされたであろうよ」

「――そうだったね。忘れてた……」

ひとたび神の実を目にするや、胃が絞られるほどの飢餓感に苛まれ、その香りを嗅ごうものなら喉が干上がりそうな渇きに苦しめられた。

それも、三度もである。三度目は自らみかんの皮をむいたため、死力を尽くさねばならなかった。

思い出した湊は遠い目になった。

「正直、自分でもよく三度も耐え抜いたなって思うよ」

「――ご存知なのですね。しかもそれだけ誘惑されておきながら一口も食べていないと？　――すごい。人間……ですよね……？」

うりぼうにまじまじと見上げられ、湊は胡散《うさん》くさい笑顔を浮かべる。

「もちろん人だよ。紛れもなく」

強気で言いきった。それからすぐに表情を改める。

「確かに一大事だね。あのとんでもない実がその辺に落ちているとすれば――」

「人間らが先を競って奪い合うであろうよ」

山神が引き継ぎ、うりぼうは毛を逆立てた。

「ひょっとすると、こ、殺し合うかもしれないのでありますっ」

その言葉は決して大げさではないと湊も思った。

悲しいかな、人間はとことん欲深い生き物である。己の欲するモノのためなら、ためらうこともなく他者を手に掛ける者もいるだろう。

「あれほどの実なら、ありえるよね」

「うむ。急がねばなるまい」

涙眼になったうりぼうが地を蹴った。一歩進んだところで山神に一瞥され、その場に縫い止められたように停止する。

「う、動けないのでありますっ」

「そのせっかちさ、ぬしの元たる神そっくりぞ。焦ったところで無駄であるといい加減学ぶがよい」

さらには冷涼な神気に当てられ、

「ひゃいっ」

と、うりぼうは身を縮こまらせた。


「とりあえず、記憶をさらってみようか」

湊が提案すると、顔を上げたうりぼうは不安そうだ。

「えっと……」

「今日の行動を振り返ってみよう」

「――はい。まず神域《家》で袋に実を一つ入れて背負ったのであります」

いまその背には何もない。山神と湊はそれを確認するも口を挟まなかった。

「それから家を飛び出してこの近辺を駆けている時、とても美味《おい》しそうな揚げ物の香りがしたのでありま す……」

うりぼうはやおら四肢を踏ん張ると、決然と鼻先を上げた。

「これは是が非でもいただいていかねばなるまい。いや、いただけなくとも、せめてその姿だけでも拝まなければ、あとあと後悔するのは必定。夢にまでみるやもしれん。——なれば、いざゆかん、かの揚げ物のもとへ！　とそちらに方向を変えたのであります」

ずいぶん芝居がかった口調であった。気持ちがこもりすぎている。

この子も食欲に忠実な僕《しもべ》であったかと湊は思うも、相槌を打ち続けた。

「よく人々の間では言われているでしょう、猪はまっすぐしか進めないのだと。おそらく猪突猛進《ちょとつもうしん》なる四字熟語のせいなんでしょうが、あれは誤解であります。曲がれますから、カッと素早く方向転換できますから。わけないのであります」

なぜか胸を張って主張しはじめた。

短い尻尾もさかんに振るうりぼうを山神が見下ろす。

「無駄に脱線しておる場合か。はよう本線に戻れ」

「あ、はいであります」

即座にかしこまり、口調も元に戻った。

「——それで目当ての香りのもとへ馳せ参じると、一軒の揚げ物店があったのであります。残念ながら、そこの店主はボクを認識できなくて、すんばらしい香りのコロッケを分けてもらえなかったのでありますが……」

山神が咎めた。

「小童、ぬしは物乞いのような真似をしておるのか」

あなたがそれを言うのかと湊は思った。山神とてその昔、同様の振る舞いをして、さんざん人々に貢がせてきたであろうに。

それを知ってか知らでか、うりぼうはふくれっ面で言い返した。

「乞うてはいません。ただ見つめていれば、認識できる者だった場合、たいてい分けてくれるのであります」

凶相になった大狼の喉から唸り声が漏れる。

「ぬぅ、こしゃくな。まぁよいわ、して？」

「揚げ物の香りを心ゆくまで楽しんだあとであります、背負っていた袋がなくなっているのに気づいたのは……」

うりぼうがしょんぼりとうつむいた。

山神は解せないとばかりに首をひねった。

「しかし袋は、やつから与えられしモノであろう」

「ああ、そうか。じゃあ神気でできてるんだから、たどれるのでは？」

湊と山神が見やると、うりぼうは消え入りそうな声で告げた。

「いえ、違うのであります。我が主からいただいたモノではなく、普通の風呂敷でした」

「なにゆえ」

「か、かわいいお姉さんにもらったので、使わないと悪いと思ったのであります……」

おう……と山神と湊は声をそろえた。

「人工の物では、神や眷属の出す速度になぞ耐えられぬぞ」

山神に叱責されると、うりぼうは地にめり込みそうなほど身をすくめた。

「ごめんなさい。ボク、それを知らなかったのでありますっ」

「うむ……。まぁ、今回のことで学べたであろうよ。――いやだが、そもそもかような基本的なことを知らぬとは、なにごとぞ。ぬしはそれでもやつの――」

長ったらしい説教がはじまる気配を察した湊が止める。

「山神さん、急がないとマズいよ」

ハッと大狼が顔を上げた。

「そうであった。一刻を争う事態であったわ」

「そうそう」

「よもぎまんじゅう屋が閉まってしまうではないか」

「そっちかよ」

つい湊は言葉が荒くなった。


さて、仕切り直しである。

うりぼう曰く。今し方何度も行き来していた場所は、揚げ物の香りに惑わされ、空中で直角に曲がった地点だという。そこまではひたすら一直線に川を越え、建物の屋根も越え、爆進してきたらしい。

腕を組んだ湊が己の考えを述べた。

「たぶんだけど、風呂敷包みは、もっと遠い場所にあるんじゃないかな」

うりぼうが小首をかしげる。

「どうしてでありますか？　急に曲がった時、コロッと落ちたはずです。香りに気づくまで背中に重みを感じていたのは覚えていますので、あの付近にあるはずであります」

「君のスピードはかなり速いからね。急に向きを変えた時に、遠心力で反対方向へ飛んでいったか、そのまま風呂敷だけが直進していったんだと思う」

うりぼうの背後に幻影の雷が落ちた。思いもよらなかったらしい。

「我もどちらかだと思うぞ。おそらく相当な飛距離を叩き出したであろうよ」

同意した山神が深くため息を吐いた。

「——致し方なし。我が探ってやろうぞ」

すいっと鼻を空へと向ける。小刻みに空気を吸いながら、ゆっくりと首をめぐらせ、匂いを嗅いだ。

野生のオオカミもたいそう優れた嗅覚を誇るが、神獣である山神が本気を出したら、それをはるかに凌駕《りょうが》する。数十キロ先の匂いをもたやすく嗅ぎ取ることが可能となる。

が、あまりにも性能が高すぎた。

途中から背毛を立てて呻《うめ》き出す。

「ふぬぅぅ、臭《くさ》いッ。車の排気ガス、化学薬品臭。ぐぬおぉッ、ドブ川とは……！　お、おのれぇ、は、はにゃが曲がりそうぞッ」

「山神さん、頑張って」

湊が声援を送り、うりぼうが固唾を呑んで見守ることしばらく——ピタリとその鼻先が止まった。

○

神の実は十数キロもの長旅の果てに、竹林へと突っ込んでいた。

やや人里離れた場所だったのは、不幸中の幸いであったとその現場へ駆けつけた湊、山神、うりぼうは思った。

そうでなければ、さらに恐ろしい事態を引き起こしていたに違いない。

湊たちが佇む前には草原がある。それを隔てた竹林の中で四、五人が入り乱れ、怒号をあげて争っていた。

一人の青年が神の実を懐に抱え、追いすがる者たちを振り切ろうともがいている。

「これは俺のもんだ、誰にも渡さん！　手を離せ！」

「ふざけるな、最初に見つけたのはオレだぞ！　返せよ！」

「お願いだからわたしにもちょうだい！　一口だけでいいから！」

「断るっ！　全部俺のもんだ！」

青年は髪を引っ張られ、胴、腕、脚にそれぞれしがみつかれようとも、神の実を離そうとしない。

その男はもちろんのこと、奪おうとしている者どもの必死な形相に、湊は愕然《がくぜん》と立ちすくんでいた。

「神の実に魅了されたら、あんな風になるんだ……」

いずれの者たちも、とっくに成人年齢をすぎて身なりも整っており、普段はそつなく世間を渡り歩いていることだろう。そんな彼らが一つの果実を求め、本性をむき出しにして醜い闘いを繰り広げている。

一方、同じ人間である湊は平然としていた。そのあたりにも濃い魅惑の香りが漂っていても。

「今度の香りも甘酸っぱいな。酸味が強そうな感じがする」

品評まで下す始末。鎮座する山神が、そんな稀有《けう》な人間から欲望むき出しの集団までを流し見、吐き捨てるように告げる。

「浅ましいものよ。ひと皮むけばかような者のなんと多いことか……」

その隣にいるうりぼうはオロオロするのみ。

「で、でも、彼らはまだ食べていないのでありますっ」

「丸かじりする果実ではないゆえであろう」

冷ややかな山神の物言いに、湊も納得がいった。

青年から奪取した中年男が頭上に掲げた果実は、球状で赤い。

「あれザクロだよね。確か皮には毒性があったはず」

「そう、あれはザクロであります。ボクが丹精込めてつくりましたので、とっても美味しいのであります！」

急にうりぼうが売り込んできた。

「まことにやかましいことよ」

忌々しげな山神の声がして、湊が見れば争う人間の数が倍になっていた。

少しばかり人里から離れていようと、ここは町内である。

騒動を聞きつけた野次馬が来たのか、あるいは風下から香りをたどって来たのか。新たな者たちも神の実を目にするや、飢えた獣のごとく息を荒らげ、よだれを垂らしつつ我先にと手を伸ばす。

欲望をむき出しにした人間たちの浅ましさたるや、筆舌に尽くしがたい。湊は顔を背けたくなるも、どうにか耐えた。

「どうやってあの実を返してもらおうか」

「むろん、力づく一択であろう」

山神になんてことないように告げられ、湊は浅くため息をついた。

「乱暴だなぁ。――でも、それしかないよね」

「ボ、ボクがやるのであります！」

鼻息を荒くして前足で土を蹴り上げるうりぼうは、勇ましくともいたくかわいらしい。そのうえ歳若いと知ってしまった湊は難色を示した。

「いや、危ないよ。見境のなくなった大勢の人たちを君だけで相手取るなんて……」

「否。むしろ人間らの心配をしてやるべきぞ」

耳の裏を後ろ足で掻く山神に教えられ、湊は驚愕した。

「君、そんなに強いの!?」

「侮るなかれであります！」

上体を低くしたその身からゆらめき立つ濃い神気に、湊は片脚を引く。

「す、すごい」

ツムギと同等か、それ以上であろう。山神の眷属三匹が束になっても到底敵《かな》うまい。

山神が今にも駆け出しそうなうりぼうを見やった。

「うむぅ。我もちと気張ってセリらにもっと力を与えるべきであったか……」

なにやら後悔しているようだが、このままうりぼうに全面的に任せ、人々を蹴散らすのはしのびない。

湊は手を握りしめる。

「わかった。君に任せるけど、俺も風で加勢するよ。隙をつくるから、その間に取り戻してほしい」

うりぼうが湊の魂を見つめ、頷いた。

「――よろしくお願いしますであります」

竹林の正面に佇んだ湊は、ちょうどいい機会かもしれないと思った。

風はそれなりに自在に操れるようになったものの、温度に関してはあまり意識を向けてこなかった。最近になってようやく神霊を乾かすべく、温風を出せるようになったばかりだ。

いま季節は初夏。湊も叫喚をあげる者どもも、涼し気な夏の装いをしている。

「ただでさえ蒸し暑いのに、さらに熱風を浴びせかけられたら地獄だよね」

「お主もなかなか悪よのぉ」

山神が喉奥で嗤った。

「うん、だから――」

つられて口角を上げた湊は腕を伸ばし、竹林から飛び出してきた青年へと向けた。

「冷たい方がいいよね」

パチンと指を弾いた。

轟然《ごうぜん》と放たれた風は、白い。白波のごとき風が草原を走り、固まった一団を覆い尽くした。

羽交い締めにされた青年、その背後の若者、彼らに飛びかかろうとしていた女性、追いかける者らが、凍りついたように動きを止めた。

熱くなっていた身体も脳も急冷され、口々に悲鳴をあげる。真冬の気温になったその場に、さらに追い打ちがかかった。

疾風と化したうりぼうが馳せ寄り、跳ぶ。

空へと伸ばされていた両手の間にあるザクロを、鼻ですくうようにはね上げた。

「あぁッ、待ってくれ！」

己が手を離れた果実へと青年が跳びつつ、手を伸ばす。

一方、うりぼうは軽々と一団を越え、木の幹を蹴りつけ、ふたたび空へ。瞬時にザクロに追いつき、抱え込んだと同時、その実ごと姿をくらました。

仰ぎ見る一団は、ただ見ているしかなかった。

笹《ささ》が舞う中、まばゆい太陽とザクロが重なった瞬間、神の実が忽然《こつぜん》と消えてしまったのを。

絶望の表情を浮かべる人々のあたりには、もう正気を失う魅惑の香りもなければ、冷気もない。

膝からくずおれる彼らを置いて、山神と湊はその場をあとにした。


作戦は首尾よくいったものの、街道を歩む湊の顔は険しい。

「うーん、風の温度を下げるのは難しいな。風神様のように細氷交じりの風にしたかったんだけど」

時折楠木邸に遊びにくる風神が、煌めく細氷をともなう風で酒を冷やすことがある。それを毎回つぶさに観察していた湊は、ひそかに憧れていた。

隣で優雅に足を運ぶ大狼は呆れている。

「あやつほどの低温にしようものなら、人間らはひとたまりもなかったであろうよ。心の臓が止まっておったかもしれぬぞ」

「あ、じゃあよかったんだ」

うむうむ、とつぶやく山神の斜め後方にうりぼうが現れた。とことこ歩いて前に回り込み、湊を見上げる。

「風遣いの方、お手伝いありがとうであります！」

「どういたしまして～」

また新たな呼び名が増えたなと湊は笑った。

足並みをそろえた三名は、遠くに霞《かす》む連峰へ向かい、のんびりと歩む。

「では、よもぎだんご屋へ参ろうぞ」

「ボクもお供するであります！」

「はいはい」

ブレない山神とちゃっかりしたうりぼうに、湊は声をあげて笑った。

第7章　旧交をあたためる

湊、山神、うりぼうは眼前にそびえる山を見上げた。広い山頂からのびやかに裾野が広がる佇まいは、威厳に満ちている。

「これが伊吹山《いぶきやま》か……」

ウツギがお使いに出向き、捕らえられてしまった山は、ここ伊吹山であった。

神話に登場する、かの勇猛な猪神《シシガミ》の御神体である。

湊は鳥肌の立つ二の腕をさすった。

神気を知覚できるようになったからこそわかる、御山――山神との違いに若干戸惑う。

神気は濃く、ひどく硬質だ。山に近づけば近づくほど硬さを増し、登山口が間近に迫ったいまでは、肌がひりつくほどになっていた。

「すごく怖そうな神様なのかな……」

湊が視線を落とすと、うりぼうのつぶらなおめめがあった。ちんまりとしたその身は、やわらかな神気に包まれている。

質は同じだ。にもかかわらず、受ける印象がまったく異なるのはなぜだろう。

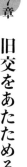

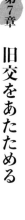

「我が主は優しいのであります！」

うりぼう――猪神の眷属ヒサメが尻尾を振って力説した。

「そ、そうなんだね」

言いながらも湊の顔色は優れない。

なぜなら神話の内容を知っていたからだ。

舐めた態度を取ったヤマトタケルが、荒ぶった猪神にシメられたことを。

「言動に細心の注意を払わないと……！」

湊の戒めを訊いた山神が鼻で笑う。

「なぁに、気負うことなぞないぞ。やつはただの老いぼれゆえ」

「方丈《ほうじょう》殿、我が主よりお歳を召してらっしゃるようにお見受けするのであります……」

山神の御神体たる御山は、方丈山という。

大狼を見上げるヒサメは不満げである。彼は山神と初対面になるが、猪神から話を聞いていたらしく、存在は知っていたらしい。

山神は尻尾を打ち払い、胸を張った。

「むろん、我も相当な古株であるぞ」

「山神さんはやけに歳を強調するよね」

反対に、スサノオは若さをやかましいほどに主張する。人間にもいろいろなタイプかいるように神も同様のようだ。

「では、我が家にご案内するのであります。こちらです」

ヒサメに促され、湊と山神も続く。

「いまさらなんだけど、君、お使いの途中だったんだよね。このまま家に戻ってもいいの？」

「はい、問題ないのであります。神の実を交換するのはまた今度にするであります」

「ああ、どこかで物々交換をする予定だったのかな」

「そうであります。それを行う専用の店があるので、そこへ向かっていたのです」

寝耳に水の情報で、湊は横を向いた。

「へぇ、山神さんもその店を利用するの？」

「いや、我は神の実の生産は行っておらぬゆえ」

「ああ、そうか。相応の品じゃないと交換できないのか」

おそらくツムギもその店を利用しているのだろうとふと思った。そのおかげで彼女が持ってくる品々は、毎回異なるのだろう。

山神は横目で樹冠に覆われた山肌を見やった。

「左様。我の山でとれるような一般的な物では、交換は不可能ぞ。まぁ、我は果実自体をさして好まぬゆえ、かの店にいこうとも思わぬが」

「神の実以外のモノも交換可能であります」

振り返ったヒサメが湊のボディバッグを見た。

「そこに入っている、神気を帯びたモノもいけるのであります。植物でしょうか？　極めて珍しいモノをお持ちでしょう」

「クスノキの葉のことかな」

湊の外出時の必需品である。今日もしっかり筆ペン・メモ帳とともに持参してきていた。


とりとめもない話をしていると、ヒサメは登山口を素通りした。

「あれ、ここから登るんじゃないの？」

湊は事前に目的地は山だとわかっていたし、伊吹山は険しい山だというのも知っていた。ゆえに相応の装備で挑まねばならぬと覚悟していたものの、山神から『無用』と告げられていた。だがしかし念のため、登山も可能な靴を履いてきている。

うりぼうは軽快な足取りで、山沿いの道を歩む。

「大勢の人間が行き交う場所に玄関は置かないのであります」

「――それもそうか」

「前に比べて人が増えておるな」

後方を見やる山神に湊も倣うと、リュックを背負う団体が連なり、登山口から出ていくところであった。


それからさほど離れていない場所で、うりぼうは足を止めた。

なんの変哲もない木立の間だ。藪《やぶ》になっており、薄暗い。豪華さなど欠片もなく、拍子抜けするほどの地味さであった。

それもそうだろうと湊は胸中で反省した。

相手は神かつ動物体である。人間の基準で考えてはならない。

「さぁ、どうぞであります」

うりぼうが告げるや、木立の空間が波打った。

湊にとってもお馴染みの光景——神域の入口が現れた。通常であれば引っ張り込まれる羽目になるため、反射的に力が入るも、そうはならなかった。

神域への入口は、巨軀《きょく》の山神と並んでも難なく通れる幅がある。ただし、高さはない。人を通すことを想定していないのだと改めて感じた。

「参ろうぞ」

「うん。お邪魔します」

まずは悠々と歩む山神が、屈んだ湊が、最後にうりぼうが境界を越えた。最後尾の短い尾っぽが現世から消えるとともに、虚空のたわみも消え去った。

風に吹かれた樹冠がざわつき、木の葉が舞う。その様はさながら歓迎を表すかのようであった。

じゃりっと、湊の靴底が固い地面を踏んだ。

「うわぁ……」

一気に視界もひらけ、感嘆の声が漏れた。

なだらかな丘陵地がどこまでも広がっている。点在する雑木林や藪はあるものの、眼前を塞いでいた山はどこにもない。

こんもりとした雑木林などは、動物が身を隠すのに最適そうだ。

ふいに思い出す。猪はもともと平地に生息していたことを。

人類が平地を占領したがゆえに彼らは、山に住まざるを得なくなった。一般的に猪は夜行性だとも思われているが、それも人間を避けるためであり、元からそうではなかったという。

そのせいか、神域内も陽光がさんさんと降り注ぎ、風もゆるやかに吹いて気温も心地よい。

伊吹山の神は、猪の形態をとっているのならば、その特徴も同じなのかもしれない。

と思ったものの、湊は数歩先で立ち止まっている大狼を見た。

「いや、山神さんは狼らしくなかったな」

そう、山神はただ狼のカタチをとっているだけにすぎないのだと感じることが多い。物の食べ方しかり、手先の器用さしかり。ならば、猪神もそうなのだろうか。

「なんぞ？」

「いや、なんでもないよ。それより猪神様はどちらに――」

取り繕うように首をめぐらせるも、すぐに止まった。

正面から濃密な神気が迫ってくるのを感じ、表情も凍りつく。

視えないモノだけではない。遠くに煙のごとき土埃《つちぼこり》が上がり、さらに地響きまで起こった。雑木林をなぎ倒し、藪を蹴散らしてこちらへと一直線に向かってくるモノが、小山のごとき猪だと認識

した瞬間、

「離れておけ」

山神が鋭い声を発した。

湊はうりぼうをひっさらうように抱え上げ、地面に風を放ち、横手へと大きく跳躍する。滞空中、冷涼な視線に射抜かれ、一瞬よろめいた。

猪神に見られた。

そう思った直後、大猪の頭部が待ち構えていた大狼の頭部と激突。火花が散り、爆風も巻き起こった。

ようよう着地した湊は、うりぼうを抱えたまま後ずさる。

徐々に土煙が晴れ、二神があらわになった。

頭部を突き合わせた二つの御身は同格、色もそろいの白。

ただし振りまかれる粒子の色が異なっている。

大狼は金色、大猪は紫を帯びた銀色である。

二体がいる場所まで四本の筋が深々と刻まれており、大猪の突撃は相当な衝撃、重さであったことを物語っていた。

大狼は間近にある大猪の紫眼を見据えた。

「結構なあいさつではないか、伊吹《いぶき》の。老体のくせしおって」

「汝《なんじ》にだけは言われとうないわ。方丈の、ずいぶん久しぶりやないか。先日突然頼み事をしてきた折は、まだ存在しとったのかとえらい驚いたぞ」

「ぬかせ。我ほどのモノがそうそう消えるわけなかろう。そんなことより、ぬし、我が眷属を隠すとはなにごとか。宣戦布告と見なされても致し方ない愚行ぞ」

「その通りよ。かつての死合の決着はついとらんぞ、老骨。かかってこい。汝の大切な眷属を返してほしくば、吾《われ》を倒してみよ！」

「おのれ、目に物見せてくれるわッ」

語尾を強めたと同時、大狼の後ろ足が土をえぐった。怒涛《どとう》の勢いで大猪を押し返し、土埃を立たせ、頭部を密着させた二体が遠ざかっていく。


そんな中、湊はうりぼうを抱える腕を強め、ますます距離を取った。すでに二神から二百メートル以上離れている。

が、とにかく風が強いわ、神圧で地面にクレーターができるわ、おまけに地面もゆれるわ。もっと遠くに離れよと本能が警鐘を鳴らしていた。

強張る湊の顔をうりぼうが見上げる。

「あの、ありがとうであります。けれど、ボクは自分の足で逃げられるのであります」

ハッとなった湊は、うりぼうを地面に下ろした。

「ごめん、君を侮ったわけじゃないんだ。つい反射で抱えちゃったんだよ」

「優しいのでありますね」

しみじみ告げたあと、ヒサメは雑木林を踏み倒す二神を見た。

「――我が主があんなにはしゃぐ姿、ボクはじめて見たのであります」

「はしゃぐというレベルではないような……。君のおうちめちゃくちゃになっていってるけど」

絶え間なく神域内に轟音が響き渡り、地面もゆれ続けている。見る間に破壊されていこうが、うりぼうは平然として――というより尻尾を忙しなく振ってうれしそうだ。

「力が強い神同士なので、ある程度周囲に影響が出るのは仕方ないのであります」

「おおらかだなぁ」

その時、二神の接触で地面に大穴が開いた。四方へと亀裂が走る。湊が飛《と》び退《の》こうとした時、不思議なことが起こった。

うりぼうの直前で亀裂が止まったのだ。左右の地面は割れ、崩れていっているにもかかわらず。

「ほら、我が主は優しいのであります」

「本当だね」

ヒサメに得意げにされ、湊は苦笑するしかなかった。

「ところで、先ほど方丈殿が言われていた、眷属を隠したというのは本当でありますか？」

「ああ、うん。だから、山神さんと迎えに来たんだよ」

「むう、それはまことに申し訳ないのであります」

耳を軽く下げ、うりぼうは殊勝な台詞を口にした。その様子を見るに、初耳のようだ。

「君は知らなかったんだね」

「はい。おそらくボクと入れ違いになったんだと思われるのであります」

「ウツギが出かけたのは昨日だよ？」

「ボクも昨日のお昼に出かけたのであります」

向き合う二名の間を砂埃《すなぼこり》が駆け抜けていった。

「――君、一日中落とした神の実を探してたんだね……」

「ええ、まぁ……。お恥ずかしい話ですけど、そんなに経っていたなんて気づいてなかったのであります。なので、声をかけてもらって本当に助かったのであります」

思った以上のおっとり具合に、湊は改めて神と人間の時間感覚の差を感じた。

「お役に立てたのならなにより。ところで、山神さんの眷属はどこにいるかわかる……？」

周囲の気配を探るも、戦闘に励む二神の神気があまりに強いせいで、ウツギの神気は感じられない。

「もしかして、本当にどこか奥深くに隠されているのかな。万が一山神さんが負けたなら、二度とそこから出してもらえないなんてことも――」

最悪の事態を考え、顔を曇らせる湊の傍ら、うりぼうがカラリと元気な声を出す。

「大丈夫であります。方丈殿の眷属を隠した場所の見当はついています。きっと我が主のお気に入りの隠し場所のはず。こっちであります」

うりぼうが背を向けて歩み出した。

と同時、遠くから地鳴りをともなう猪神の声が聞こえてくる。

「こら、ヒサメ！　勝手な真似をするでない！」

「いいじゃないですか。目的は方丈殿に来てもらうことだったんでしょう？　もう叶《かな》っているのですから、眷属は解放すべきであります」

通常の声調だが、駆け回る猪神には届いているようだ。

「まだ死合の決着はついておらんのだぞ！」

「眷属は無関係であります」

「だがしかし――」

「やかましいわ！」

唸る大猪の横っ腹に大狼が喰らいついた。団子状になって転がる二神を背に、湊はヒサメについていく。神に逆らう行為であろうに、その足が止まることもためらうこともない。

このヒサメがとりわけ気が強いとも思いがたい。山神の眷属たちも山神に遠慮なく物を申すからだ。

どの神もやはり眷属という存在に甘いらしい。

それからいくつものなだらかな丘を越え、薄暗い雑木林の中に入ると、大きな藪があった。ドーム状の上部は見上げても見えないほど巨大だ。

「大きな巣って感じだね」

「我が主の寝床、其の三です。いわば別荘であります」

「――素敵な別荘ですね」

相手は猪である。人間とは異なる好みと感性をお持ちだと忘るるべからず。湊は心のメモ帳にふたたび太字で刻んだ。

「ここで少々待っていてほしいのであります」

「うん、わかった」

さすがに中に入る気にはならない。寝床は大切な場所であり、他人が土足で踏み入っていいはずがない。

ヒサメが正面の小さな穴から入っていき、さほど待つこともなく、そこからひょっこりとウツギが顔を出した。その表情に陰りはなく、湊に気づくや、眼がまんまるになった。すぐさま飛び出し、足元まで駆け寄ってきた。

「なんでここに湊がいるの？」

「ウツギが帰ってこなかったから、迎えに来たんだよ」

「――え？」

理解が及んでいなそうなウツギの後方で、ヒサメも穴から出てきた。

「中の時間はほとんど流れていなかったので、その子は一日以上経過していることに気づいていないのであります」

「一日以上!?」

素っ頓狂な声をあげたウツギがうろたえる。

「我、すぐ帰るつもりだったのに！」

「まぁ、仕方ないんじゃないかな。相手は神様だし」

抗えまい。

とりわけ窮屈な思いを味わったわけでもなさそうで、湊は安堵しつつも、自《おの》ずとウツギから距離を取っていた。

ウツギが小首をかしげる。

「湊、なんでじりじり離れていくの？　どうかした？」

「いや、あの……。ウツギ、すごい香りがするんだけど」

ウツギから放たれる芳香は、鼻周りを覆っても防ぎきれないほどに強烈であった。

紛れもなく神の実の香りだ。しかも一種類ではなく、幾種類も混じった複雑さだ。

垂直に立ったウツギは己の前足を鼻に寄せた。

「あ、ほんとだ。匂いがするね。少しだけ神の実がいっぱいなってる所を見せてもらった時についたみたい」

突然拳を握り、眼を輝かせる。

「そうだ湊、聞いてよ！　そこの神の実、量も種類もすごく多かったの！　眷属が丹精を込めてつくってるって伊吹殿が言ってたんだけど――。あ」

ウツギは横にいる胸を反らすヒサメを見た。

「キミが育ててるの？」

「そうです。ボクひとりでであります！」

「あんなにいっぱい⁉　すごいね！」

ヒサメが誇らしげに顎を上げるのを見ながら、湊は他に眷属はいないのだろうかと思った。

さりげなく神域内を探るも、そのセンサーにヒサメと同じ神気を持つモノは引っかからない。

こんな広大な神域で神とふたりっきりなのは、寂しかろう。まことに勝手ながらそんな感想を抱いた。

顔を戻すと、ヒサメと目が合った。

「どうですか、風遣いの方。後学のためにボクの果樹園と薬草園を見学していかれませんか？」

足を踏み鳴らしうずうずしている。見せたくてたまらないようだ。

「薬草もあるの？　見たい！　絶対湊も見た方がいいよ、壮観だよ！」

小躍りするウツギを見るに、よほど素晴らしい景色なのだろう。

だがしかし、だがしかしだ。そこから戻ってきたウツギの身に濃厚な残り香がつくような場所なのだ。

想像するだけで、身の毛がよだつ。

そこに足を踏み入れようものなら、己も今し方見た人間たちのように醜態を晒すことになりはしまいか。果たして己の自制心は、泉のごとく湧く欲望に打ち勝つことができるのだろうか。

まったくもって自信がない。

内心で滝汗を流す湊をよそに、テンとうりぼうは軽く飛び跳ねている。

実に微笑《ほほえ》ましい。気性が似ていそうな二匹は、ともに過ごす時間が長くなればなるほど、もっと仲良くなれるであろう。

そんな彼らに、謹んで辞退させていただきます、などと言えるはずもなく――。

「じゃ、じゃあ、俺もお邪魔しようかな」

答える湊は、死地へ赴くかのごとき悲壮さであった。


ヒサメが虚空に穴を開けて、それをくぐれば衝撃波と地響きの絶えない場からおさらばできた。

広大な地に樹木が整然と並んでいる。いずれも、たわわに神の実を実らせ、品種ごとに列が異なっており、色とりどりで目にも楽しい。

まさに果樹園の名に相応《ふさわ》しい景観であった。

とはいえ、そんな光景を眺める余裕は湊にはなかった。

数えきれない神の実が放つ濃密な香りに包まれた途端、記憶が飛んだ。


奇妙な景色が見えた。

ぼんやりと霞んでいるが、花畑であろう。

数多の花弁と幾多の蝶《ちょう》が舞い、この世ならしかぬ景色に佇む二つの人影がある。

やや猫背で痩身の翁《おきな》と若い女性だ。片手を振る翁の片足に重心を置く立ち方には、見覚えがあった。

祖父だ。

遠目で顔の造作は知れなくとも、見紛《みまが》うはずがない。

湊は駆け寄りたい衝動に駆られるも、気になることがあって脚が動かなかった。

祖父の隣りにいる女性は誰だろう。

年齢差など気にもならないくらいお似合いで、二人が寄り添う姿はごく自然なことのように思えた。ああ、そうかと唐突に気づいた。

きっと早世した祖母に違いない。

ならば、二人が手招くそちらへいって、あいさつしないと——。

「湊ッ！」

ウツギの大声で、湊は覚醒した。

視界が茶色で占められているのは、両手と両膝をやわらかな土につけていたからであった。

一瞬彼岸に迷い込んだようだが、ウツギが強くつかむ腕の痛みで現実に引き戻されたらしい。否、脳がつくり出した、ただのまやかしだったのか。

それよりも、己は醜態を晒したのではあるまいか。

どっと冷や汗が流れた。

「ウ、ウツギ。俺、なにかやらかした……？」

「なにもしてないよ。いきなり四つん這いになって呆けていただけ。ごめん、人間には神の実の芳香はキツかったのを忘れてた」

「ザクロの香りを嗅いでも平気そうだったので、ここもイケるかと思ったけど、厳しかったようでありますね……」

ヒサメにも申し訳なさそうに言われてしまい、湊は拳を握った。

予想通り、香りは強い。空間中に充満し、呼吸すれば否が応でも食欲を刺激される。

だが、湊は立ち上がった。その目も正気を保ったままで、どころかやや困惑していた。

「確かに香りはキツイけど、いままでのような、なにがなんでも食べたい、独り占めしたいっていう欲は、あんまり湧いてこないんだよね……。なんでだろう」

両手をはたいて土を落とす湊を前に、ウツギとヒサメは顔を見合わせた。

「あれかな、匂いが混じりすぎてるからかな？」

「そうかもであります。雑多な香りになっているせいで、あまり美味しそうには感じられないのかも？」

「我も、うまそうとはさほど思わないよ」

「ボクは慣れているので、なおさらであります。ところで、この方、なぜここまで神の実に耐性があるのですか？　ボクそれなりの数の人間と接してきましたけど、ここまで自我を失わない方、見たことないのであります」

「何度か神の実をもらったことがあるんだよね。それで慣れたみたい」

「――欲望の塊のような人間が慣れるものでしょうか……」

半信半疑そうだが、きょとんとした湊を見上げて口をつぐむ。チラリと魂を垣間見《かいまみ》、

「――ああ、なるほど。もとより人間的な欲が薄い方でありましたか」

何かを認めて腑《ふ》に落ちたようだ。

湊は微妙な顔をしていた。かねてからさまざまな者たちに幾度も言われてきているものの、本人の自覚は薄かった。


「もう大丈夫みたいだね。湊、見てよ。神の実だらけだよ！」

ウツギの明るい声に促され、湊は前方を見やる。

「――すごい」

圧倒され、ありきたりな言葉しか出てこなかった。

平地に歪みなく整列する果実の木々。真っ先に目についたのは、彼方から飛んできたあのみかんであった。その横の列は、はっさく、ゆず、きんかんと柑橘類《かんきつるい》で占められている。通常の果樹園ではありえない品種の多さは神の果樹園ゆえであろう。

さらに遠くには、赤い実のザクロも見えた。

みかんの列に近寄るにつれ、香りの濃度も増すが、湊の様子は変わらない。

「香りは濃いけど、すっきりとしたいい香りだから気にならなくなってきた」

「湊、ますます耐性が上がってきたね～」

きゃらきゃら笑うウツギの横で、ヒサメも首肯する。

「そうでしょう。やはり味もさることながら、香りも楽しめないと。ですので、ボクは香りを強めることに心血を注いでいるのであります」

一本の果樹の手前に止まった湊は答えあぐねた。

いくつも実るみかんの表面は光り輝いて香りも強く、視覚と聴覚に『わたしをお食べ』と猛烈に訴えてくる。

この求心力をさらに上げるのなら、より一層人間を惑わす魔性の食べ物となるだろう。

「これ以上に、人を惑わせる果実になると……？」

湊は身震いした。

「神の実は神用だもん。しょうがないよ」

ウツギに言われ、湊もそうであったと思い出した。ヒサメはやや盛り上がった土を前足で均《なら》している。

「今回、多くの人間に見られ、香りを嗅がれてしまいましたけど、それは滅多にない椿事《ちんじ》であります。通常、人間が目にする機会すらまずありません」

「そっか、安心した」

とは言ったものの、今回のことといい、各国の神話にも記されていることといい、ごく稀にではあっても人間は目にしてきているのではないだろうか。

そう湊が思っていると、面を上げたヒサメが鼻を鳴らす。

「ま、今回は明らかにボクの失態でありますけど！」

「誰だってうっかりはあるよ。しょうがないって」

ねーとヒサメとウツギは笑っているが、湊は笑えぬ。

「少し前、我が主もほうぼうへ神の実をばらまいて回収に難儀したと聞いているのであります」

「なんだと……」

わりと高頻度で人々が惑わされているのかもしれない。湊は悩ましげに唸った。

「うーん。でも、ニュースになったこともないし、そんな昔話が残ってるとも聞いたこともないんだよね。——さほど気にしなくてもいいのかな」

適当な山神にだいぶ感化されてきていることに湊は気づいていない。

おもむろに眼前のみかんに触れてみた。皮は薄く、果肉が詰まった感触がする。

「いまでも十分美味しいんだろうけど、もっと美味しくなった方が神様たちに喜ばれるよね」

「そうであります。もっと改良せねば。けど、いまのままでもうちのみかんは大人気であります」

「神様の間でも話題なんだってね。山神さんから聞いたよ」

「そうであります！」

ふんぞり返るヒサメはそのまま後ろに倒れそうだ。


それから果樹園の果てまで移動すると、薬草園があった。

こちらは果樹の区域に比べると、ずいぶん小規模だ。

伊吹山は薬草で有名な山でもあるため、意外だと湊は思った。

「薬草畑と言った方がしっくりくるサイズだね」

「こちらはあまり需要がないので、広げる気はないのであります」

「神は、病気や怪我をしないからね～」

ウツギに補足され、合点がいった。

ざっと見渡した湊は、慣れ親しんだ薬草に気づいて笑みを浮かべる。

「ヨモギもあるね」

「はい、うちの山の名産としても有名であります」

そばに寄ると、ヨモギの葉の形状と色も一般的な物となんら変わらないように見えた。

「普通のヨモギより香りが強いかな。他になにか違うところがあるの？」

「まず味が濃厚です。加えて効果効能も段違いであります」

「へぇ」

「薬草には、不老不死の効果はありませんから、お持ちになりますか？」

「え、あ、うん」

湊がウツギを見やると、ヨモギに鼻を寄せた。

「いい香り。湊が食べても大丈夫だよ。たぶん普通の物より美味しいよ」

「では、どうぞ。神の実を回収してもらったお礼であります」

ヒサメが鼻を上げると、ヨモギの束が切断された。それをウツギが持つ。

「我が持って帰ってあげるね！」

「ありがとう」

ウツギはリュックを下ろし、嬉々《きき》として仕舞っている。使いたくてたまらないのだろう。

ヒサメもわかっているのか、微笑ましげに見ている。ヒサメの方がやや歳上なのかもしれない。

湊が周囲の草を見やると、いずれも御山で見たことのある物であった。

「ここにある神の実と薬草は、一般的な物と見た目が同じなんだね」

「はい、ボクはそこにこだわってるのであります。いかにも神の実だとわかる外見にしたくないのです。よそ様のモノの中には、金色や銀色、あるいは七色に輝くのもありますけど」

「金と銀は見たことあるけど、七色もあるんだ……」

「なにそれ、見たい」

唖然《あぜん》となった湊と違い、ウツギは顔を輝かせた。直後、その黒眼が動く。

——がさり。

湊の斜め後方で、草の束が不自然にゆれた。

「ん？」

湊が振り向くと、草の動きが止まった。

「——なにか動いたような気がしたけど……」

勘違いであったかと思うも、ウツギが草の束を凝視しており、それに倣った。

土から直接生えた、大振りな卵型の葉で茎はない。釣鐘状の紫の花が一輪だけ咲いている。

「これはじめて見るな。なんていう薬草なの？」

ヒサメに尋ねたと同時、がさがさとその草が根元からゆれた。

「う、動いてる」

どう見ても自力で動いているようにしか見えない。警戒する湊とウツギであったが、ヒサメはしれっと答えた。

「こちらは、マンドラゴラであります」

「あの有名な引っこ抜いたら叫ぶ植物!?」

焦った湊が後ずさり、反してウツギは距離を詰めた。

「これ、叫ぶの!?　どこから!?」

前足で葉を掻くように触っている。その怖いもの知らずぶりに湊は戦々恐々となった。

魔女や錬金術師御用達《ごようたし》とされているマンドラゴラ。根の部分が人間のカタチをしており、引っこ抜くと絶叫するという。

てっきり物語の中だけの話かと思っていたが、自発的に動けるのならば、胡散くさい伝承も真実なのかもしれない。

「ウツギ、刺激したらダメだって!　叫び声を聞いたら死ぬって言われてるんだよ!」

「ホントに!?　で、どこから叫ぶの?　葉っぱ?　根っこ?　っていうか、どうやって声を出すの!?」

ウツギがマンドラゴラを嗅ぎながら、周囲をぐるぐる周り出した。

双方、方向違いの大興奮である。

そんな二名を見て、ヒサメは身を震わせて笑っている。

「ご安心ください。このコは大人しいから絶叫はしないのであります」

「よ、よかった……」

「え〜、そうなんだぁ」

心の底から安堵する湊と違い、ウツギは残念そうに葉をつついた。

「でもさ、あれだね。〝コ〟だなんて、動物や人間と同じような言い方するんだね〜」

「似たようなモノであります」

「え？」

驚いたウツギと湊がともに見ると、左右に振れた草がせり上がってきた。数センチほど、膨らんだ身があらわになって止まる。

その白き身といい、サイズといい、ある植物と酷似していて、湊は思わずつぶやいた。

「ミニ大根みたいだ」

ぱちり。

突然、二つの切り込みが上下に開き、つぶらな黒い眼となった。

「は……」

「うわっ」

口を開けて固まる湊と飛び跳ねるウツギを見て、マンドラゴラが瞬きした。

興奮したウツギは背中を丸め、頭を左右へ振ってダンスを躍る。

「眼だ！　眼があるッ！　じゃあ、口もあるんだ!?　もしかしてしゃべれるの!?」

ヒサメも声を弾ませて教えた。

「はい。機嫌がいい時は歌も歌うのであります」

「すごい！　こんな植物もいるんだね」

「滅多にいないのです。とても希少であります。その中でもこのコはとりわけ変わり種でして。なぜなら、ボクが育てたからであります！」

喉を晒すうりぼうを見て、ウツギが耳を下げる。

「え〜、そうなんだ？　うちにもほしかったのに〜」

手に入れてどうするんだ、と思う湊は声が出せなかった。マンドラゴラと熱く見つめ合っている。

「しょ、植物に眼があるばかりか、しゃべる？　歌を歌う……？」

まだ理解が追いついておらず、混乱を極めていた。

「そんなに驚くことでありますか？　我々と会話できていることだって、人間にしてみれば摩訶不《まかふ》思議《しぎ》でしょう？」

小首をかしげるうりぼうは、何をいまさらと言外に告げている。

「そうだよ、湊のクスノキだって十分変わってるでしょ」

「そ、それもそうだね……」

ウツギにまで言われ、ようやく冷静になりかけた湊であったが、そうは問屋が卸さなかった。

マンドラゴラの両サイドから、ぬるっと根が一本ずつ突き出てきた。身の部分と同じく白いそれらはどう見ても——。

「――手？」

湊はマンドラゴラの噂をもう一つ思い出した。

「足もあって、人みたいに歩けるんだっけ……？」

「そうであります。歩くどころか走れます。そのうえ薬草の手入れを手伝ってくれる働きモノでもあります」

「もうそこまでくると意味わかんないよね。走るとこ見てみたい～。ねぇ、出ておいでよー！」

愉快げなウツギが、マンドラゴラの葉を一枚、ちょいと引っ張った。ペシッと弾かれたように離れた葉がくるくるとロール状に丸まり、つぶらな眼も眇められた。

わかりやすい拒絶を喰らったウツギは、地団駄を踏む。

「あ～、いやがられた～」

「なかなか気難しそうだね……」

湊が言うと、マンドラゴラは身をよじって土に潜っていってしまった。しばらく待つも動く様子もない。やわらかな風に葉がそよいだ。

「そろそろ戻るであります」

「――あ、そうだね」

ヒサメに促され、結構な時が経っていたことに気づく。

「では、あとはよろしくであります」

ヒサメがマンドラゴラに声をかけると、葉を擦り合わせて音を鳴らす。『了解』と言っているようだ。見覚えのある所作である。

「うちのクスノキみたいだ」

そう思えば、愛《う》いやつよと感じられた。


一列になって薬草の間を戻る途中、最後尾の湊が振り向く。土から半身を出したマンドラゴラが、バイバイと片手を振ってくれた。

反射で振り返せば、その口がニンマリと弧を描き、

「ケケケッ」

と笑った声は、遠くにいる湊には聞こえなかった。


「山神さんたち、もう気は済んだかな」

「我はまだ遊んでると思う！」

「ボクも同じ意見であります」

湊、ウツギ、ヒサメの順で、波打つ虚空を抜けた。

ズウゥン……と三名の全身に神圧がかかり、足場の悪さも手伝って一斉によろけた。

「ぬし、諦めが悪すぎよう。いい加減、倒れるがよい！」

「汝の方こそ、なんという粘り強さか。本当に吾より歳上か!?」

「むろん！」

神域中に響き渡る大狼と大猪の咆哮。目にもとまらぬ疾さで駆ける足音、それにともなう地響き。

さらには濃厚な神気で日が陰り、大気も唸りをあげている。

ブルっと胴震いした湊の眼前には、荒野が広がっていた。

「雑木林も藪も全部なくなってる……！」

なだらかな丘も消え、深くえぐれた箇所には谷まで生まれていた。地獄の光景さながらであった。

「我が主がここまで体力があったとは。正直驚きであります」

己が住まいの惨憺《さんたん》たる有り様をヒサメは気にもとめず、近場を駆けすぎていく大猪を煌めく眼で追う。

二神は息を荒らげて時々ぶつかり合い、大狼は噛みついたり、大猪は角で突き上げたり、とまったく容赦ないが、双方怪我をしている様子はない。

湊はひたすら感心する他なかった。

「体力もとんでもないけど、なにより神様って頑丈なんだね」

「そうだよ。怪我するなら死にかけてる証だもん」

あっけらかんとウツギに告げられ、湊は戦慄したが納得もした。

「じゃあ戦えば、互いに元気かどうかわかるって寸法なんだ」

「そうそう」

にこやかな二匹の眷属が一緒に答えた。

だからこそ彼らは止めも、焦りもしないのだろう。

「とはいえ、そろそろ帰らないとね」

見れば、戦いも佳境に入ったようだ。

二神は十数メートルの距離をあけて、対峙《たいじ》している。体が上下するほど息が荒いのは遠目でも知れた。しかしまだまだ戦意は喪失していないのだと、低く身構えた体勢が物語っている。

「伊吹の、やるではないか」

大狼の背毛が陽炎のごとくゆらめく。

「方丈の、汝もな」

大猪の周囲が白くけぶり、その身を包んでいく。急冷された空気と、大狼から放射された熱い空気の層がぶつかり合う。

「しかしそろそろ、決着をつけようぞ。我としたことが、時を忘れておったわ」

「まるで人間のようなことを言いよる。吾らにとって時間などあってないようなものだろうに」

冷気に包まれた大猪の四肢が大地に食い込んだ。白煙から無数の雹《ひょう》が放たれ、大狼目掛けて襲いかかる。

が、ことごとく中間地点で水へと姿を変えていった。冷気と灼熱《しゃくねつ》の神気が押し合いへし合うおかげで、周囲にも影響が出ている。

「寒いのと暑いのが交互に来て、もうわけがわからない」

腕を交差させて肩を抱く湊がなげいた。

その足元にいるテンとうりぼうは涼しい顔で鎮座している。

「我ら気温の影響受けないから問題ないんだよね〜。人間の湊は大変だよね」

「本当に。うちに来て風邪なんかひかせたら心苦しいのであります」

ウツギとヒサメは顔を見合わせ、頷く。それぞれの神の方へと顔を向けた。

「山神〜、我もう帰りた〜い！」

「主、ボクお腹空いたでありまーす！」

二つの声が響くや、荒ぶっていた二神は攻撃をやめた。瞬時に神気も霧散し、轟音も鳴りを潜めた。

「――うむ。もう運動は十分ぞ」

「――その通りよ。なまっていた体も十分ほぐれたわい」

何事もなかったように、二神は並んでこちらへ歩いてくる。大猪が頭部を上下させるや、一瞬にして、大地が元の丘へと変わり、空も晴れ渡った。

「これで湊も体調を崩さずに済むね！」

あたたかな風に被毛をなびかせ、ウツギが快活に告げた。

「うん、ありがとう」

礼を述べつつ湊は改めて思った。

神は眷属に激甘だと。

「では、そろそろボクは失礼するのです。ご飯の支度をしなきゃならないのであります！」

やけに鼻息が荒い。

この子も定期的に食物をとるらしいと湊は思った。

「じゃあ、またね」

「はい」

「ばいば〜い」

ウツギと湊に手を振られ、ヒサメは駆け出した。

砂塵《さじん》を上げて丘の間を爆走していく小さな影を一瞥し、山神は大猪を見やる。

「時に、伊吹の。他の眷属はどうした。前はいくらかおったろう」

山神は、神域内と伊吹山にヒサメ以外の眷属の気配がないことを訝しく思っていた。

佇む湊とウツギの近くまで寄った猪神は足を止め、眼を伏せた。

「永い眠りについたわ」

悲痛さがにじむ声に、湊は息を呑んだ。見上げたウツギが小声で話す。

「湊、死んだって意味じゃないよ」

「そ、そうなんだ？」

「うん、そのままの意味。眠ったままってこと」

ふと湊は山神に聞かされたことを思い出した。

永らく存在することに飽きた神や眷属は、眠りっぱなしになることも多いのだと。

猪神はヒサメの去った方を見やった。

「眷属らが相次いで眠ってしまい、新たな眷属を生み出すかさんざん悩んでな。結局、ヒサメしかつくらなんだ」

「左様か」

猪神の雰囲気がやわらかくなった。

「ああ。しかしあれは、いままでの眷属とは違い、趣味を持ちおった」

「神の実づくりか」

「然様《さよう》。ゆえに、他の眷属のようにはならんだろう」

確信を持った言い方であったが、山神は眼を眇めた。

「だが、あやつは無知がすぎよう。人間ともかなり接触しておるようぞ」

「――うむ。無知なのは己で学ぶべきと思うて、知識を与えんかったせいよ。まだ二歳程度ゆえ、これから学ばせる。人間と頻繁に関わるのは……。寂しいのかもしれん」

猪神はウツギへ視線を流した。

「我のほかに二匹いるよ」

「然様か。仲はよいか」

「うん！　毎日集まるし、なにかを決める時も必ず話し合ってる。全然寂しいと思ったことないし、毎日楽しいよ」

目元を和ませる猪神の隣で、なぜか山神が自慢げに胸を反らした。

それをスルーし、猪神は湊の方へと顔を向けた。

途端、湊は神気に押される。が、脚に力を入れて耐えた。強張りそうになる表情筋にも気合いを入れ、柔和な顔を心がけた。

その静かなる奮闘を全部承知の猪神は、眼を細めて喉奥でかすかに笑った。

「客人よ、運が悪かったな。神の戯れに遭遇するとは」

「――いえ。心臓に悪い思いをしましたが、今後の人生でこの経験がとても役立ちそうな予感がします」

正直に告げると、猪神は身をゆすって豪快に笑った。

もっと土産を持って帰れと、猪神にたんまり神の実をもらったウツギはほくほくとリュックに詰め込んだ。

まるで、田舎の祖父がひさびさに訪れた孫に対する振る舞いのようであったが、湊は微笑ましく見守った。

そして猪神の神域を出ると、外界は真っ暗だった。頭上で上弦の月と数多の星が輝いている。

湊がスマホを確認すると、日付けが変わりそうな時刻であった。

「もう電車は動いてないよ」

「うむ、致し方あるまい。――ちと疲れたゆえ、はよう戻るぞ」

「我も早く帰りたい！」

「そう言われましても——」

眉尻を下げる湊の前方で、山神が前足で宙をひとなでした。

甲高い音とともに裂け目が入り、広がる。そこから光があふれ、あまりのまばゆさに湊は目元を覆った。

指の隙間から目を凝らすと、緑の日本庭園が見えた。中央に小ぶりのクスノキが生えて、その向こうに広い縁側を有する黒い家屋がある。

お馴染みの楠木邸であった。

暗闇の中にぽっかり浮かぶ景色は縦に長く、湊が素通りできるだろう。

手を下ろした湊は、呆然となっている。

「さて、戻るぞ」

号令をかけた山神が境界を越え、悠々と庭を歩んでいく。

「湊も早くいこ！」

ウツギもぴょんと境界を跳び越えた。

おいていかれてはたまらぬ。

湊も急いで境界をまたぐと、あたたかな空気に包まれ、森林の香りが鼻をくすぐった。

ああ、帰ってきたんだな、と身体の力が抜けた。

「出先から数歩で帰宅できるって夢みたいだ。――でも行きもこの方法でいけばよかったのでは？

と思ってしまったんだけど」

「帰りは億劫《おっくう》であれど、行きの行程は楽しめよう」

「まぁ、寄り道したお店のよもぎまんじゅうおいしかったしね。あ、そのためか」

「左様。赴いたことのない場所につなぐことはできぬゆえ」

「なるほど」

その会話を最後に、裂け目が巻き戻されるように閉じた。暗く静まり返った山間に、ホウ……と
ふくろうの鳴き声が響いた。


かくして、無事戻ってきたウツギだが、やや困ったことを言うようになった。

「我も家庭菜園したい！」

そこまではいい。

「マンドラゴラを育てたい！」

これである。

縁側で拳を握るウツギを、だらけた姿勢の山神は気だるげに眺めやる。

「あんなモノ、なにゆえ育てたがる」

「おもしろそうだから！」

「アレは相当手間がかかるぞ。移り気の激しいぬしでは育てきれまいて」

「――そんなことないもん。何事もやってみなけれなわからぬと山神いつも言ってるでしょ！」

平行線である。かれこれ一時間以上やり合っていた。

その間、掃除と護符を書き終えた湊は、縁側に腰かけているがまったく口を挟まなかった。

まぁ、いいんじゃないかと思っている。帰りしな手を振ってくれたマンドラゴラは、厄介な性質ではなさそうであったからだ。

とはいえヒサメは、己が育てたからこそだと言っていた。

もしウツギが育て、普通の叫ぶマンドラゴラになってしまったら目も当てられない。山神がまったく折れないあたり、その可能性が高いのだろう。

半端に育成し、放り出すような、あるいは始末をせざるをえない事態になれば気の毒だ。

湊はクスノキを見た。カタチは違えど植物であり、しかも変わり種である。

「ヒサメのとこのマンドラゴラは歩くどころか走るらしいけど、うちのコはどうなんだろう……？」

するっと地面から二本の太い根が突き出た。ざわざわと樹冠が前後に激しくゆれる様はまるで、

『お望みなら、走ってみせようか？』

と言っているようで、湊はあんぐりと口を開けた。

第8章 疲れすぎた播磨の末路

きつい、疲れた。休みたい、眠りたい。

切実に訴えてくる心と身体を無視し、播磨は楠木邸の表門をくぐった。

彼は連日の悪霊祓いで霊力を消耗し、疲れもピークに達しており思考が鈍りきっていた。

そのうえ慢心もあった。前回の訪問時、洗礼——全身にかかる荷重がなかったから、今回もないだろうと。

確かにその読みは当たっていた。敷地内に踏み込んでも、山がのしかかってきたかのごとき重みは感じず、地面に靴跡が残ることもなかった。

が、山神自体から発せられる芳香の威力を甘く見ていたと言わざるをえない。

かの神の香気には、眠気を誘発する成分がふんだんに含まれている。

その空気に全身を包まれた瞬間、脳から心から、そして全身から力が抜けてしまった。片手もゆるみ、持っていた紙袋——前回持参すると約束した〝土佐家《とさや》の黒糖まんじゅう〟が落ちそうになる。

指先からこぼれ落ちていくその感覚を、もう播磨は感じていない。目を閉ざして前のめりに倒れていく。

「播磨さん！」

どこか遠くで湊の声がしたような……。

そう頭の片隅で思ったあと、完全に意識を手放した。


ゆるやかに覚醒へと向かう途中、ああ、よく寝たなと播磨は思った。

なにせ肉体的な疲労が完全に消えている。悪霊祓いで体力を使うのは、対象を殴る蹴るをするからに他ならないが、移動続きでも疲れは溜《た》まるものだ。

それがいまや、まったく感じられない。加えて霞《かすみ》がかっていた思考も、クリアになっているのを実感していた。

瞼を透かす明るさからまだ日中であることは紛れもない。短時間の睡眠であったようだが、深く寝入ったおかげだろう。

播磨は深呼吸しつつ、身の内に意識を向けた。

残念ながら、もっとも大事な霊力の方は完全に回復していなかった。

こればかりは致し方ないことだ。もとより短時間の睡眠程度では、元には戻らない体質である。

生来、霊力が少ないうえ、回復も遅い。

正直、激務の陰陽師は向いていない。

身にしみてわかっていることだ。けれども、あえてこの道を選んでいた。

まどろむ播磨は、唐突に己が状況を思い出した。

楠木邸の表門を通り抜けてからの記憶がない。にもかかわらず、いまの己は横たわり、ご丁寧にブランケットまでかけられているらしい。

さて、どこで。

頬をかすめる、あたたかくやわらかな風。それに含まれる山神の神気と森林の香り。

縁側で寝ていたのだと、目を開けるまでもなく理解した。

また、やってしまったようだ。

はじめてではないため、さして動揺はない。時折、取引の只中《ただなか》に意識を失い、座卓に突っ伏して寝ているからだ。

とはいえ、いつまでもこの状態でいていいわけもなかろう。自らは仕事できているのあって、睡眠を取りに来たのではないのだから。

起き上がろうとした時、不自然な風を感じた。思いとどまり、うっすら瞼のみを上げる。

まず視界に映ったのは、手水鉢であった。聞き慣れぬ水音がしていたのはこれだったのかと、筧を流し見た。

まだ新しいであろうに、まるで昔からここにありましたと言わんばかりに庭に馴染んでいる。それを見てもさほど驚きはしなかった。

ああ、また改装を行ったのだなと思うだけだ。

なにせ突如、大木は生えるわ、池が川に変わるわ、あまつさえ塀の壁から滝が出るわ。そんな神域に取り込まれた庭にいまさらニューアイテムが増えたところで、いちいち驚いていられない。

そして、一基の石灯籠も見た。そこから神気を感じることから、火袋の中に神がいるのは紛れもない。以前はかすかであった神気が強くなっており、おそらくこちらの様子をうかがっているのだろう。

新たな面子《メンツ》が加わったようだが、それでも静けさを保っている。時たま、山の神が荒ぶることはあれど、おおむね平穏だ。いつも通り、ここは現世と異なる時間が流れていると錯覚するような場所であった。

ともあれ、それらはいい。むしろそれどころではなかった。

その視線は、ある一点に止まったまま動かなくなった。

手水鉢の向こうに、こちらに背を向けた湊が立っている。

横へと伸ばされた腕の先で風が渦巻いていた。幾多の葉を舞い躍らせているそのつむじ風は、手のひらから発生しているようにしか見えない。

「とりあえず、こんなものかな」

湊が手を払うと、風の形が変化する。巻きが解かれ、舞っていた葉が列を組み、庭の片隅へと流れていった。風で落ち葉をかき集めたのだろう。

よく見れば、もう片手も動いていた。

その人差し指が指すのは、クスノキ。水気を帯びた風の繭に包まれているから、その風も湊が操っているようだ。

一連の摩訶不思議な現象は、神の力を行使しているからだと播磨も理解している。

湊が二神の力を宿しているのは気づいていた。よほど集中しなければわからないほどに微量なことも。

いま遣っている力は、時折ここにいる風神のものであろう。神気の質が同じであった。


ふいに不自然な風が吹き、湊の髪がかき乱された。

「こら、いたずらしない。うわ、背中冷たっ。あ、でもちょっと暑かったから、ちょうどいいかも」

笑う湊の背中に丸いへこみができたり、消えたりしている。まるで透明な球状の物体が幾度もぶつかっているようだ。

今度は湊の髪が膨らむ。

「どうして、そう執拗に髪を狙うかな」

斜め上空へと指先を向けて風を放つと逆風が吹き、ぶつかり合う。

さらには湊の繰り出す風が増したり、横へ反れたりすることから、対抗しているのは風の精だと思われた。

人間が神の力を軽々と扱い、あまつさえ精霊とも仲良く戯れている。そんなメルヘンな光景は、常人であれば信じがたかろうが、播磨はすんなり受け入れた。

播磨一族はもとより、古代から連綿と血をつないできた憑坐《よりまし》――その身に神を降ろし、神の言葉を民衆に伝える巫女《みこ》の家系であった。

先祖が降ろした男神に見初められ、さんざんすったもんだあったあげく、子をもうけた。

男神はいまだ健在で、播磨家の現当主たる母や次期当主の姉にしばしば降りてくる。

その際、御業《みわざ》を行使するため人が神の力を遣うのは見慣れていたが、母や姉の場合は意識がなく、男神に身体を支配された状態となる。

それに比べて湊は己が意識を保ったまま、難なく神の力を扱っている。そこは驚きでしかなかった。

思えば、表門をくぐったあとの記憶がない。ならば己は倒れたはずだ。しかしどこにも痛みはない。

おそらく湊が風を用いて、助けてくれたのだろう。

礼を言わねばなるまい。

そう思う播磨であったが、ふたたび目を閉じた。

湊はいまの状態を己に見られることを望んでいないはずだ。

彼は、人でいたがっている。

播磨はそれを察していた。

そんな播磨が覚醒する前からずっと、その近くで優雅にくつろぐ存在がいた。

むろん山神である。

じっと播磨を観察していたその視線が庭へと流れた。

「もうすぐこやつが起きるぞ」

「え、もう!?　ヤバい、片付けないと！」

庭に散らばった落ち葉が一挙にクスノキの横に集結し、小山を築いた。湊と風の精二体による、三方向からの風のおかげであった。

風の精たちが回転しながら御山の方へと飛んでいき、湊は素知らぬ顔で落ち葉をポリ袋に入れている。

そろそろいいだろうと、空気を読んだ播磨が起き上がった。

○

つつがなく取引を済ませた播磨は、待たせていた車に乗り込む。後部座席に深くもたれかかって息をついた。

「それでは、次の現場へお連れしますね」

ハンドルを握る運転手は、普段通りの愛想のよい態度だ。表門を越えた時の失態には気づかれていないようで安堵した。

「ああ、頼む」

車が動き出し、窓を開けるその手の甲には、墨痕鮮やかな格子紋がある。

『今回は両手に書きますね。サービスです』

と問答無用の湊によって念入りに書かれていた。

それを見て、播磨は両目を細めた。

――また、力が上がったな。

蜂の巣に酷似した膜に覆われた格子紋の祓いの力は、完璧に閉じ込められている。

けれども、その翡翠の光は隠せておらず、視える者なら遠くからでも認識できるであろう。

――無駄に力が漏れ出ていないならば、それでいい。

祓いの力を封じる革手袋をはめずに済む。暑い時期に好んで革手袋を着用する趣味はなかった。

ふと播磨は視界が薄く曇っていることに気づく。眼鏡が汚れているようだ。

――磨かねばなるまい。

真っ先にそう頭に浮かんだ。楠木邸へ向かう道行きでは欠片も目に入っていなかった細部にまで気を回せるようになったのであれば、ようやく通常の状態に戻れたということだ。

いい傾向だと思いながら、身体は流れるように動いた。上着のポケットに手を入れた時、反対側のポケットでスマホが振動する。

画面に表示された名を見て、軽く眉根を寄せた。

『大変だ、息子よ』

電話に出ると突然、父が切羽詰まった声で告げた。

しかし息子は眉一つ動かさずスマホを耳に当てている。

『今日も芙蓉《ふよう》さんが美しすぎる』

実に悩ましげな声である。なお芙蓉とは母の名だ。

――やはり、大したことではなかったか。

いつものことゆえ、息子は相槌すら打たない。

父は折に触れて惚気《のろけ》てくる。夫婦仲がよいのは大変よろしいことだ。が、そこそこ鬱陶しい。

「それだけですか、父上。切りますよ、いま忙しいんです」

そっけなくあしらおうとも、父はめげない。

『そう邪険にしなくてもいいだろう、少しの間だけ私の話を聞いてほしい。いまは移動中だろう？言わずともわかっているよ、風の音が聞こえるからね』

「まあ、そうですが……」

毎回父の電話は手が空いてる時にかかってくる。どこからか見ているのではないのかと思うくらいタイミングがよい。

ゆえに、黙って拝聴しなければならない羽目になる。

『それで芙蓉さんのことなんだけどね。何年経とうと我が女神の美しさは色あせない。寝起きでも美しいとはどういうことだろう。私は毎朝そのご尊顔、いや、美の権化たるお姿を目にして、心臓が止まりそうになるよ』

〝美しい〟なる言葉がゲシュタルト崩壊しそうである。

思っていても息子は口を挟まない。無駄に長くなると経験上知っているうえ、この言い草は姉の伴侶とそっくりで慣れてもいた。

血のつながりのない義兄の方が父と似ているのは不思議なことだ。

肩でスマホを挟んだ播磨は、眼鏡を拭きはじめた。父の惚気話は聞き流すに限る。

それからさんざん似たようなことを述べたのち、突如、話題が変わった。

『あ、そうだ、これも伝えておかねばならないね。聞いておくれ、才賀。昨日、またも素晴らしい逸品を手に入れたのだよ……！』

「はあ、またですか」

これも珍しくもない話題であった。むしろ頻繁にあるといえよう。

父は神や霊獣にまつわるモノの蒐集家《しゅうしゅうか》である。どこぞで見つけて、父曰く〝出逢《であ》った〟際は必ず購入してくる。

おそらく目の玉が飛び出る高額を支払ったのであったろうが、父は商才に恵まれているから、金には不自由していない。

『急にさる町へいかねばならんと思い立っていってみたのだけど、気になったお店に入って見たところ出逢ってしまったんだ。その逸品にね。――ただとても素敵なお品ではあったけれども、前回の木彫りがあまりに素晴らしく、少々物足りなさを覚えてしまったよ』

「はあ、そうですか……？」

確かに前回購入したブツの時は、父は冷静さを欠いていた。それだけのモノであったのだろう。

思う播磨は実物を見ておらず、それが湊の木彫りだったことを知らない。父もその都度、蒐集物の報告をしてくるわりに詳細を語らないからだ。

ゆえに播磨は、父と湊が知り合っている旨をいまだ知らなかった。

『ああ、そうそう。その帰りに土地神様の神域に迷い込んでしまってね。いやぁ、そこも実に素敵なお住まいだったよ』

「また迷い込んだんですか。よくぞご無事で……。いつ帰ってこられたんですか」

『翌日だ。今回の土地神様も気のいい方で、そうそうに戻してもらえたよ』

息子の心配をよそに、父は快活に笑った。

父は神との親和性がすこぶる高く、見知らぬ場所へ出かけようものなら高確率で迷い込んで行方不明になる。しかし毎度、自力で生還してくる猛者《もさ》でもあった。

幼い頃からさまざまな神と接してきたおかげで、神との距離の取り方、付き合い方が抜群に上手《うま》いため、交渉して帰してもらっているという。

そんな父だからこそ、神の身勝手さもよくよく理解している。

常に忙しい播磨が、わざわざ仕事を抜け出してまで楠木邸に護符を購入しに赴くのは、父の助言によるものだ。

もし人の都合でその役を勝手に別人に変更しようものなら、入れてもらうことすらできない恐れもある。ともすれば別の神域へと放り込まれることもある。

ゆえに楠木邸——山神の神域に入ることを一度でも許された才賀が、必ずいくようにと言われていた。

ひとしきりしゃべり倒した父は、

『ところで才賀、今度の日曜日、芙蓉さんのリクエストでひさびさに和食をつくるんだよ』

と告げてきた。父は料理が趣味である。その腕も料理人顔負けで、母も父の手料理をいっとう好むため、ねだられたのだろう。

『もちろん芙蓉さんがこの世でもっとも愛するだし巻き卵もね。どうだい、才賀も食べたくないかね』

家に戻ってこいという直接的な言葉を吐かない父は、毎回己が手料理で釣ろうとする。

「そうですね——」

仕事で全国を飛び回る播磨は、あまり実家には帰らない。

とはいえ帰るのはやぶさかではなかった。長距離移動が億劫なだけで、決して実家の居心地が悪いわけでもない。

電話でも家に戻っても『彼女はできたか、嫁はまだか』などのいらぬ世話な言葉を両親や親族から浴びせられたことは一度もないから、精神的にも楽だ。

「では、日曜には戻り――」

了承の言葉を返そうとした時、ついでのように付け足された。

『その日、あの方も降りてこられるからね』

播磨の口元が引きつった。

あの方とは、播磨家の先祖の神である。

今回降りてくる理由はなんだと訊くまでもなく、思い当たった。

「――姪《めい》の相手が決まったんですね？」

『ああ、よりすぐりの男子らしいよ。いつものことだけども』

姉の長女の結婚相手を告げにくるという。

己が血を引く娘たちをただひたすらに愛する男神は、彼女たちにとってこの世でもっとも相性のよい相手を幼少期に決めてしまう。

中には反発する者もいるが、結局その人物を選ぶことが多い。

なお男である才賀は決められなかった。『男ならば、己が伴侶くらい自分で探せ』ということらしい。

播磨はまったく気にしていない。どころかいくら相性がよかろうと、勝手に結婚相手を決められるのは御免である。

「では、必ず帰らねばなりませんね」

帰らぬわけにいくまい。

たとえ存在自体をさして認識されていないとしても。

正直気は進まないが、致し方あるまい。

『美味しいご飯を食べていくといいよ』

理解している父なりの労《ねぎら》いなのだろう。


特大のため息をついた播磨が車窓側を見やると、流れていく景色がゆっくりになった。

「父上、そろそろ現場につきますので、切りますよ」

『おや、結構時間が経っていたのか。すまないね。つい話が長くなってしまったよ』

「いつものことですね。では——」

『待て、才賀。最後にもう一つ言っておきたいことがある』

声が低くなった。偶然か、窓の外の騒音も上がった。

播磨は窓を閉めながら、スマホを耳に押し付ける。

『決して霊力を遣いきるような真似はしないように。——命に関わるよ』

そう聞こえたあと、電話は切れてしまった。

第9章 陰陽師たち、泳州町へ出撃

夜陰に沈む南部の中心街。人の絶えた大通りの両側には、翡翠の光が並んでいる。湊が記したジグザグの道標のようなそれは、昼には二十個以上あった。

しかし今現在、その数は半分以下になっていた。

黒い人影が、小さな容器に入った黒い粘液で翡翠の光を丹念に上書きしたせいで。

店舗の壁、電信柱、信号機が汚れようと気にもとめない。

「ちっ」

舌打ちしつつ、とにかく消す。消し尽くす。なにがなんでも消さなければならない。

手間をかけて増やした悪霊を祓ってしまう、このにっくき光を。

「余計なことしやがって。忌々しい」

黒装束の男は恨みがましい声でつぶやき、最後の光を乱暴な手つきで塗りつぶした。

○

都内にひっそりと存在する陰陽寮の一室にて。

机越しに播磨と差し向かう壮年の男の姿があった。机に両肘をつき、重ねた手の甲に顎を乗せる男は、播磨の直属の上司である。

小太りで抜け目のない目つきをした、事なかれ主義者だ。己の保身を第一に考える、部下からまったくもって信頼されないタイプでもある。

とはいえ、普段誰も彼への嫌悪感を態度には出さない。

むろん播磨もそうだがいまは全面的に出していた。

「泳州町《えいしゅうちょう》の悪霊祓いの許可をください。お願いします」

突っ立った播磨は斜め下を見下ろし、つい先ほど口にしたばかりの台詞を吐いた。

通算五度目である。それに対して上司は、

「ダメだ。許可は出せない」

女性めいた高い声でこちらも同じ言葉を繰り返した。

変わらぬやりとりに飽きたとばかりに肩をすくめ、大仰な座椅子の背もたれに寄りかかる。

「泳州町には退魔師の家系も多い。彼らに任せておけばいいだろう。君らがしゃしゃり出る必要はない」

「ですが、我々の管轄である方丈町南部まで悪霊が増えているのは、どう考えても泳州町の悪霊がまともに祓えていないせいです」

「少し手が回ってないだけじゃないのかね。しばらくすれば、減るだろうさ」

剣呑な雰囲気なのは播磨だけで、上司はのらりくらりとかわし続ける。

いくら現場が危機的な状況であろうと、上層部がそれをほとんど把握していないのは、いかなる界隈《かいわい》でも珍しくもなかろう。

が、叩き上げではないこの上司はなおさら理解していない。ろくに霊力を持たないものの、陰陽道宗家の出であるがゆえに今の地位を得た人物である。

播磨は歯がゆくて仕方がない。

――それなら、あんたも現場にいってきたらどうだ。

そう告げて、その背中を蹴り飛ばし、悪霊がうようよいる場所へ強制的に送り込みたい。

――できるはずもないが。

涙のみならず、その他諸々《たもろもろ》まで垂れ流しかねない。どころか心の臓まで止まってしまえば、さすがに寝覚めが悪い。

上司はこれみよがしにため息をつき、机上の書類にサインしはじめた。

話は終わり、もう耳は貸さないとの意だ。

通常であれば引くが、今回は引く気がなかった。

播磨は、横っ面をぶん殴る勢いで告げた。

「――わかりました。許可をいただけないのであれば、本日をもって、我が播磨一族は一人残らず陰陽寮を辞します」

突然絶縁宣言を叩きつけられ、上司は持っていたペンを落とした。

現在、陰陽寮の上層部を牛耳っているのは、陰陽道宗家——四家にまつわる者たちである。

それは平安の頃から何一つ変わっていない。とはいえいくら宗家といえども、年々血が薄まるせいで弱体化してきている。

江戸の頃、陰陽寮自体がろくに機能を果たせない状態にまで陥ったことがあった。

その時、矜持《きょうじ》の高い四家もようやく折れ、悪霊祓いを生業《なりわい》とする市井の者たちを、陰陽寮に引き入れるようになったのだ。

そのうちの一家が、播磨家である。

もとより憑坐の家系であった播磨家だが、その娘を娶《めと》った男神が我が子や孫かわいさに、護身用として神の武器を与えた。

しかしそれは、神の思わぬ使い方をされてしまう。

勇猛であった彼女たちは、率先して他者に取り憑く悪霊を祓いはじめたのだ。

それが、播磨の一族が祓い屋として歩むことになった経緯である。


話を戻すと、現在陰陽寮の人員は二百名ほどだが、その三分の一を播磨の血族が占めており、最大勢力となっている。

彼らを陰陽寮に引き入れたのは、大誤算であったと四家が後悔しているのはさておき。

播磨一族の大半は第一線で活躍しているため、もし彼らがあますことなく抜けてしまえば、陰陽寮はふたたび存続の危機となろう。

上司は机上に置いた両手を握りしめ、播磨を睨み上げた。

「な、なにを勝手なことを言っている！　私を脅す気か！　だいいち、お前にそんな権限があるとでもいうのかッ」

四家は長子――男子相続である。

播磨家は嫡女が当主につく家柄のため、嫡男でありながら家督を継ぐ資格すらない才賀に対して、四家絡みの者たちは哀れみと侮蔑の感情を抱いている。

だはそんな態度をあらわにされようと、播磨の心がゆらぐことはない。

播磨才賀にとって当主の座につけないことなぞ、どうでもいいことだ。

人には向き不向きがある。己が一族を束ねる才覚を持ち合わせていない自覚があり、何より柄でもない。

カリスマ性のある姉こそが相応しいと本気で思っている。

その姉――次期当主も己が発した宣言に反対しないのも知っていた。

「もちろんあります。播磨家現当主の許可は得ていますので。先ほど言ったことは、当主の言葉としてとっていただいて結構です」

はったりではない。まことであった。

播磨家当主は、陰陽寮に属していない。若かりし頃は所属していたが、当主の座についた時、ならわしにより辞している。

その彼女は、ごくたまにしか帰宅しない愛息に毎度のごとく告げていた。

『才賀、陰陽寮を自分たちのモノだと勘違いしているアホどもが、ろくに耳を貸さなかった時や理不尽な要求してきた時は、一族みんなで抜けるぞと脅してやんなさい。実際辞めても構わないのよ。陰陽寮への義理は、十分果たしたもの。職を失っても大丈夫。誰一人路頭に迷うことにはならない――させないわ。わたくしがね』

と。少女のごとき無垢《むく》な笑顔で残酷、かつ頼もしい台詞を吐くのが母である。


ともあれ、そのアドバイスに従ったのは、今回初になる。

――さて、上司はどう出るか。

静かに返事を待つ播磨の前で、さんざん歯噛みした上司が口を開く。

「いいだろう、泳州町の悪霊祓いを許可する」

それから忌々しげに付け加えた。

「ただし、人員は割けない。お前ともう一人のみだ」

○

まもなく日も暮れそうな刻限。方丈町南部と泳州町をつなぐ橋を渡る二人の陰陽師の姿があった。

横から照りつけてくる西日に双眸《そうぼう》を細めるのは、洋装の播磨と和装の葛木《かつらぎ》だ。

上司に言われた通り、二人きりで赴いていた。

播磨が上司から許可をもぎ取り、部屋を出た所に待ち構えていたのが、葛木であった。みなまで言わずともついてきてくれて、非常にありがたかった。

偶然にも身内の剛《ごう》の者——姉とか義兄とか妹とか分家の者とかは、こぞって遠い地へ出向いて不在だったからだ。

「あいつが悔しがるとこ、俺も見たかった」

葛木に残念そうにつぶやかれ、播磨は苦笑した。

あいつとは、むろん上司のことである。彼らは同期でも仲がよろしくなかった。

葛木家もまた、特殊な祓い屋の家系である。

播磨家と同じく、近世陰陽寮にスカウトされた口だが、陰陽道宗家に匹敵する長い歴史を持つ。

ただし直系男子にしか霊力が遺伝しない血筋であり、現在陰陽寮に所属する葛木家の者は、小鉄《こてつ》のみである。

その小鉄が両脇にぬいぐるみを抱えている。

式神のサメとクジラだ。彼の式神たちは父のモノと違い、姿を隠せない。

「俺、ぬいぐるみを抱えたヤベェおっさんに見られそうだな」

幸いにして行き交うのは車のみで、さほど通行人はいない。

「大丈夫でしょう。堂々としていれば、勝手にお子さんへのお土産だろうと勘違いしてくれますよ」

「うちの息子たち、もうぬいぐるみを渡して喜んでくれる歳でもねぇけどな」

「二人とも高校生でしたね。陰陽師になるんですか？」

「長男はな。次男は嫌がってる」

「『オレは、爺《じい》ちゃんみたいな退魔師になる！』って、幼い頃からずっと言い続けてましたよね」

「そうなんだよぉ。退魔師になるって言ってきかねぇのよ。いまだに親父《おやじ》に憧れてやんの」

やや苦い気持ちが含まれた声色であったのは、父として複雑なのだろう。

視線を落とした葛木が片眉を跳ね上げた。

「おっと。一号、綻びができてるじゃねぇか」

サメの口元が少しほつれていた。サメがふいっと横を向く。

「ちゃんと申告しろっていつも言ってるだろ。気づかなかった俺も悪いけどな」

『まだダイジョーブ。これぐらいなら大したことないって！』

とサメが頭部と尻尾を振って元気さをアピールしている。

そんなに動いたら、ただのぬいぐるみを装っているのが台無しではないかと播磨は思う。

サメは活きがよく、何も問題ないように思われたが、葛木は顔をしかめている。

式神に対して激甘な彼だが、これだけは決して許さない。もしほつれが広がり、中の綿が出尽くしてしまえば、式神は死ぬからだ。

「ダメだ。いまからじゃもう縫えねぇし、二号とチェンジする」

『そ、そんな、ご無体な！　ぎゃーっ、やだやだやだー！』

どれだけ暴れて拒否ろうとも、葛木は容赦なく形代に戻した。式神たちが長らく存在して活動できているのは、彼が慎重ゆえでもある。

「葛木さん自ら修繕するんですね」

播磨が葛木の腕の中にいるクジラをつぶさに観察すると、至る箇所に繕われた跡がうかがえた。

「おうよ。おかげで裁縫の腕がメキメキ上がったわ」

苦笑いしながら胸元から新たな形代を取り出した。

即座に姿を変えて飛び出したのは、ペンギン。葛木の懐でゴソゴソと動き続けているサメの形代を、フリッパーでなでてなだめている。

非常に和む光景だが、それらに目を奪われてばかりはいられなかった。


橋を越えてしばらくすると、瘴気に包まれた。

葛木がうるさそうに首を振り、播磨は身構え、四方へ視線を投げる。

「なんだ、この町の有り様は――」

「ひでぇな、こりゃあ。こんだけ瘴気が濃いなら、常人にも影響出てるだろ」

見回す両名の眉間が寄った。道行く者たちは覇気がなく、落ちつきもない。

陰陽師たちは歩きながら、呪を唱え、符を用いて瘴気を祓っていく。時折、傍らを通過していく人にまとわりつく悪霊も祓いながら。

常人にはわからない。悪霊の絶叫も、破裂して瘴気もろとも消えゆく様も。

誰にも不審がられず、二人の陰陽師が道をゆく。葛木の腕に抱えられた式神たちも大口を開け、瘴気をむさぼり喰った。


巨大なシロナガスクジラのモニュメントが夕暮れの赤に染まっている。

播磨はそれを横目で見たのち、前方へと視線を向けると、歩み寄ってくる若者があった。うつむきがちな顔には影が掛かり、表情はうかがえない。その背に浮遊する人型の悪霊があげる怨嗟《えんさ》の声から、取り憑いた若者によほどの恨みがあるのだと知れた。

無表情の播磨はすれ違いざま、格子紋の描かれた手でその悪霊の首をつかむ。悲鳴すらあげる暇もなく、ちりぢりになっていくモノに目をくれずに歩き去った。

悪霊に同情はしない。

恨みから悪霊と化した元人間や動物にいちいち心を痛めていたら、陰陽師なぞ務まるはずもない。陰陽師や退魔師になるには、精神力の強さも求められる。祓える力を持っているだけでは、断じてなれはしない。悪霊に同情どころか同調し、心を病んでしまう者もいるからだ。

やがて太陽があばよと世間に別れを告げ、地平線の向こうへと旅立った。刻一刻と暗くなっていく中、播磨と葛木は動かし続けていた脚をようやく止めた。

彼らの正面には、古びた建物がある。

錆《さ》びた看板を掲げており、元店舗の名残がうかがえた。割れたガラス窓から瘴気が立ち上っており、悪霊のたまり場と化している。

播磨が周囲を見渡す。

「ここにくるまで、一度も退魔師に会いませんでしたね」

「ああ、あの猟犬ばりに鼻が利くやつらが珍しいよな。というか、式神に見張らせていないようだな」

葛木も首をめぐらす。どこにも、式神の気配がない。

地に根ざす退魔師たちは、たいてい己たちの縄張りを主張するように、その地の至る所に式神を配置しているものだ。野生動物の姿を取っている場合が多く、熟練の術者のモノであれば、見分けるのは困難を極める。

全神経を総動員する二人の陰陽師には、不自然な生き物を捉えられない。クジラとペンギンも匂いを嗅ぐように口とくちばしを上下させるも、同類の気配を感じていない。

「泳州町の退魔師がいなくなったってことはねぇよな？」

「ないと思われます。先日二人も会いましたし、そのうえ帰ってきたばかりだと言っていた若者もいました」

「そうか。じゃあ、その線は絶対にないわけだ」

「ですね」

二人は深々とため息をついた。播磨が建物を見上げる。

「町に瘴気が渦巻き、至る所で悪霊が巣喰《すく》っている。こんな異常事態を退魔師が気づかないはずがない。——自分たちで悪霊を増やしているとしか考えられない」

「ああ、俺もそう思う。なにやってんだかなぁ。アホだろ」

顔を歪めた葛木は吐き捨てた。その腕から飛び出したクジラの背にペンギンが乗り、一体となって建物へと突撃していく。それを見ながら播磨は告げた。

「先日会った若者が言っていました。悪霊祓いは一番実入りのいい仕事だから、退魔師同士で取り合いになるのだと」

「だからって、自分たちで増やして祓うとか！　マッチポンプじゃねぇか！」

葛木が頭を抱えてしまった。

「とにかく、いまは悪霊を祓うしかないですね」

「ああ、だが多すぎる」

術者二人で町一つ分にもなる広範囲の悪霊祓いなど不可能に等しい。

葛木が懐に手を入れた。

「とりあえず、空から呪符をばらまくか」

「お願いします……」

播磨の表情は苦々しい。いまの彼には、手の甲に描かれた湊印しか手立てがない。

自前の霊力は底をつきかけ、湊から購入した護符はすべて親族に渡していた。

葛木は播磨の体質のことを承知している。にっかり歯を見せて笑った。

「おうよ。おっさんに任せとけ」

取り出した形代をサメへと変化させ、その胴体をがっちりつかんで顔を突き合わせた。

「いいか、一号。お前さんに頼みたいのは、空から呪符をばらまくことだ」

『え〜、ヤダ。悪霊が食べたい、食べた〜い！』

いやいやと大口を開けたサメが激しく身をよじる。手の力を強めた葛木が真顔で諭す。

「そのほつれた口で悪霊は喰うな。近づくのもダメに決まってる。絶対にだッ！　わかったな？」

心配がすぎると思うも、己を思うがゆえのことだとサメも理解している。

ムギュッとお口を閉じて、了承した。


藍色の空に幾多の星が瞬いている。上空の清廉さとは裏腹に、禍々《まがまが》しい瘴気に満ちた地上へと向けて、幾多の紙片が降り注ぐ。口を閉ざしたサメが中空を泳ぐように飛びながら、そのヒレの下から呪符を落としていった。

第10章 目指せ空飛ぶハンカチ

すっかり夏だ。

庭の滝のそばに立つ湊は、青空に浮かぶ入道雲を見上げながら思った。

とはいえ特殊な楠木邸の庭はうだるような暑さとは無縁で、敷地外に木霊するセミの大合唱も聞こえやしない。

「でもやっぱり夏はかき氷が食べたくなるな」

残念ながら、かき氷製造機はない。

というわけで、少しでも夏気分を味わうべく、トマトをいくつか滝壺で冷やしてみた。

霊亀と外出した応龍がいぬ間に寝床を拝借したのであった。

湊は滝壺から網を引き上げ、水を滴せながら大岩に置いた。

そこに待ち構えていたのは、エゾモモンガである。

「いい感じに冷えてる。はい、どうぞ」

濡れたフルーツトマトを一つ渡すと、神霊が両手で受け取った。

大きなおめめで注視されつつ、湊は同じ物を口へ放り込んだ。

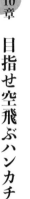

「あっまい」

感想を言うや、エゾモモンガもフルーツトマトに噛みついた。もごもごと咀嚼するごとに背負った尻尾が微弱に震え、眼を細めることからもご機嫌そうだ。

「お気に召したようでなにより」

エゾモモンガが、かすかに首肯した。


ここのところ神霊は、何かと湊の真似をするようになった。

湊が食す物を食べたがったり、庭の落ち葉を集めていれば手伝ったり。好奇心も旺盛らしく起きている時間は湊につきっきりで、護符作成や木彫りの時も間近から眺めている。

その熱視線たるや、かの麒麟にも劣らぬ具合で、

『むむ、キャラ被りでしょうか……』

と麒麟が危機感を抱いていることを湊は知らない。


さておき大岩に座した湊は、おちょぼ口で頬張るエゾモモンガを眺めてから、縁側を見やった。

いつも通りそこには大狼が丸くなって寝ている。規則正しく上下するその巨軀の被毛をなびかせて。

絶え間ない滝の音、筧から手水鉢に落ちる水音。それらを聞いていると、何かが足りないような気がした。

「あっ、そうだった。忘れてた！」

唐突に湊が立ち上がると、今度はミディトマトに食らいついていた神霊が不思議そうに瞬きした。

湊は急いで家に戻り、寝室にあるクローゼットを開けた。奥まった場所に置いていた木箱を取り出す。

中には、風鈴が入っている。

「ごめん、ちょっと遅くなったね」

語りかけるも、うんともすんとも言わない。

風鈴は付喪神である。答えることは可能なのだが――。

「出すのが遅くなったから、怒ってるのかな……」

付喪神は手入れしてやると喜ぶと山神から聞き、先日磨いた。その際、軒下に下げようかと風鈴に提案するも、夏には少々早い時期であったため、拒否された。

――己は、夏の風物詩であるからと。

湊が木箱とともにリビングに入るや、縁側からエゾモモンガが身を乗り出していた。

エゾモモンガも山神同様、極力家の中に入らないようにしている。これは、人ならざるモノたちに共通していることで、家内は湊の領域ゆえとのことらしい。

ともあれ神霊も風鈴が気になるようなので、その近くで木箱を開けた。

包んでいた布を取り去ると、すかさずエゾモモンガがのぞき込む。

ガラスの風鈴は傷一つなく、描かれた赤と黒の金魚もいまにも泳ぎ出しそうな気力であふれているように見えた。

それをエゾモモンガがかぶりつきで見つめる。

が、やはり風鈴は動かない。

「ただの風鈴にしか見えないよね」

エゾモモンガは湊を見上げたのち、おもむろにガラス部分に触れた。指先でちょんちょんとつつくも変化はなく、眼を眇めて口をへの字にひん曲げた。不満そうである。

「この風鈴が妖怪だってこと、わかるの？」

こくんとエゾモモンガは頷いた。

「たぶん出すのが遅くなったからご機嫌斜めなんだと思う。――でも大丈夫、きっとこれで機嫌が直るはず」

そう告げた湊の手には、新品の短冊がある。

――ちり……っ。

風鈴の舌《ぜつ》がかすかに動き、ガラスに当たった。その下に付いた短冊は黄ばんでいる。

先日磨いた折、短冊を新調しようかと訊けば、是非とも湊の手作りがよいと望んだのは風鈴自身である。

お望み通り、アサガオの絵を描いた物を準備していた。

装いを新たにした風鈴を目線に掲げる。

「どうかな、気に入ってくれた？」

『もちろんでござりまする！』

突然の大声にエゾモモンガがびくりと身を震わせ、眼を限界まで開いた。

風鈴の喜びの声は湊には聞こえていないが、ちりちりと派手に音をかき鳴らされ、その真意は知れた。

「よかった。お気に召していただけたならなにより」

「つい今し方までへそを曲げておったくせに……。まったく現金なものよ」

眼を閉ざしたままの山神が呆れ声で告げた。

ピタリと涼やかな音が止まり、ゆれていた短冊も静止した。風鈴は素知らぬ顔でじっとしている。

『某《それがし》は風鈴でござりまする。ただの風鈴は自ら動きはいたしませぬ』と云うておるわ。相変わらず妙なこだわりを持っておる」

半笑いの山神が伝えたものの、エゾモモンガは、はじめて接する妖怪に興味があるらしく、腕を伸ばしてきた。

湊が風鈴を下げると小さな手が短冊をつかみ、そっと振った。

――ちりん……。

「大丈夫、ちゃんと役目は果たしてくれるよ。去年もずっと軒下で頑張ってくれたからね」

湊が告げるも、エゾモモンガは短冊を両手で持ってさらに振る。

――ちりちり、ちりちり。

「なんか、あれだよね。神社の鈴を鳴らしてるみたいだ」

絵面は愛らしい。ただし所作は荒い。

――ちちちち、ちりん！　ちりん！　ちりん！

ガラスがふっ飛びそうにゆさぶられ、湊は慌てて片手で包んだ。

「ちょ、ちょっと待って、力が強すぎる！　ガラスが割れちゃうよ！」

きょとんとなったエゾモモンガはようやく手を離した。

「なぁにその風鈴は、ちょっとやそっとの衝撃では割れはせぬ」

「そっか、ならよかった」

山神にそう言われても、湊はガラスを労うようになでた。心なしか熱いような気がする。風鈴も驚いたのかもしれない。

山神は丸めていた体を開き、四肢を伸ばして風鈴を一瞥した。

「通常の物よりはるかに頑丈ではある。だが神の手にかかればその限りではないぞ」

「なんて!?」

またもや触れようとするエゾモモンガの魔手から逃がすべく、湊は風鈴を高々と上げた。どうにも神霊は危なっかしい。まだまだ加減の利かないお年頃のようだ。

湊は風鈴を軒下に下げた。

やわらかな風と戯れるように短冊が舞う。

――ちりりん。

「いい音」

湊が満足げに言うと、足元にいるエゾモモンガも耳を動かした。

一般的に風鈴には魔除《まよ》けの効果があるとされており、その音色が聞こえる範囲は聖域だといわれている。

ここは神域だけれども。

「今年もよろしく」

『承知したでござりまする』

――ちりりん、ちりりん。

軒下を陣取った付喪神たる風鈴は、この夏も魔を打ち祓うべくその音を奏ではじめた。

○

あくる朝、湊の姿は御山にあった。

夏場は早朝であろうと、あまり涼しくはない。昇って間もない太陽の熱からすでに容赦なく、肌に受けたら痛いほどだ。

とはいえここ御山では、そんな陽光も厚い樹冠によって遮られ、ほどよい気温となっている。

さらさらと涼しげな音を奏でる渓流に架かる、一本の橋。周りの風景から浮くこともない、素朴なかずら橋だ。

多くの職人の働きにより、そうそうと完成を迎えていた。その橋の手前に、湊と棟梁を含む職人がたむろしている。

その向こう側から、一人の若者が橋を渡ってきた。作業服の彼が踏む板の隙間は広い。子どもや足の小さい女性であれば、うっかりしたら踏み外しかねないだろう。

危なっかしくも、これがかずら橋の特徴である。昔の越後屋の先祖たちのごとく走って渡る方がおかしいのであって、慎重に渡るのが当たり前だ。

とはいえ、さすがに職人は慣れたもので、手すりに触れることもなく、固い地面を歩くような足取りで渡ってくる。どころか時折あえて軽く跳んで体重をかけたり、橋をゆらすように歩いている。

慣れない湊からすれば、心臓に悪い挙動だが、本人はおろか周囲の誰も動じることはなく、むしろ誇らしげだ。

己たちの手掛けた橋の安全性が確かめられたのだから。

ほどなくして、若者は無事にこちら側へ達した。

湊の横にいる棟梁の翁が頷いた。

「うむ、問題ないな」

「はい。こんなに早くできるなんて、予想外でした」

湊はひたすら感心していた。予定の日程はまだ残っている。

棟梁が湊を見上げ、にんまりと口の両端を上げた。

「言うたろ、時間はあまりかからんと」

「そうでしたね」

愛想よく微笑む湊は知っている。

この妖怪めいた笑い顔の棟梁が、時に叱り飛ばし、時になだめすかし、時に煽《あお》って、ひよっこ職人たちの尻をぶっ叩き続けたことを。

風の精が入れ代わり立ち代わり現場の声を届けてくれていた。拒否のしようもなく聞かざるをえなかったが、正直、彼らの家庭の事情などの会話は聞きたくなかった。

ともあれ、彼らの仕事は終わった。湊とともに来ていた裏島《うらしま》家の者たちが下山したあとも、一様に去りがたいようだ。

固まった若者たちは、御山を見上げている。

「最後まで会えんかったなー、山の神様に……」

「ああ。一目でいい、見たかったな……」

「俺は神さんやなくて、眷属でもよかったんやが……」

心の底から残念そうで、湊は鎮痛な表情を浮かべた。ただ気になることがあり、棟梁に尋ねた。

「どうして職人さんたちは、あんなに山の神様に会いたがっているんですか？　といいますか、神様がいて当たり前だと信じているのが少し不思議なんですけど」

「儂《わし》らは、山に神様がおるのを知っとるからだよ」

棟梁はゆるぎなく答えた。

通常であれば、言葉にするのをためらいそうなものだが、これが年の功なのだろうか。

むろん湊も知っている。知りすぎていると言っても過言ではなかろうが、それを他者に漏らそうとは思わない。

湊は棟梁に意識を集中した。

特殊な異能持ちである、いづも屋の店員が言っていたからだ。湊は神気をまとっているから、神域住まいだとひと目でわかるのだと。

ならば、眼前の棟梁もそうなのかと思ったのだ。

たとえ住んでなくとも、神と交流のある人間は神の気配がついていることが多いと、いつぞや山神から聞いたこともあった。


――棟梁からは、神の気配がまったくしない。

湊がそう判断を下した時、棟梁が語り出した。

「儂らはいろんな山に出かけるからの。時々会えるんだよ、神様にな。眷属である場合が圧倒的に多いが、前回赴いた山では、神様が眷属ともども姿を見せてくれての。その場に居合わせられんかった若衆が、会いたがっておるのよ」

いったん言葉をきった翁は首をめぐらし、深呼吸をした。

「この澄んだ香り、背筋が伸びるような清廉とした空気。ここにも確実に神様はおるよ。儂がそう教えたせいで、余計に期待させてしまったようでな……。たとえおったしても、毎回姿を現してくれるわけでもない。会えんでもしょうがない、しょうがない」

カカカと笑った棟梁は、湊を上目で見やる。

「老いぼれの戯言《たわごと》だと嘲笑《あざわら》ってくれても構わんよ」

「いえ、俺もこの山に神様がいらっしゃると思います」

「そうかそうか」

真剣に答えた湊を見て、棟梁は相好を崩した。

「あッ！」

突如、誰かが鋭い声を発し、大勢が息を呑んだ。

全員の視線が一点に集中する。

かずら橋の向こう側、巨木の陰から顔をのぞかせる白い動物がいた。

「イ、イタチか……？」

——テンです。

湊は誰かの疑問のつぶやきを訂正したくてたまらなくなったが、拳を握って耐えた。

テンは静かに、音もなく木の陰から出てきた。

煌々《こうこう》と明るい白き身は、通常の野生動物ではありえない。通ったあとには、金の粒子も舞い躍ってすらいる。

これぞ神の眷属なりとばかりの容姿を見せつけ、練り歩いて道を横切っていく。引きずりそうな長い尻尾の先は、黄色い。

途中、ウツギがこちらを向いた。

にんまりと笑い顔をつくったのち、木立の合間へと滑らかな歩みで去っていった。

十秒にも満たない、ほんのいっときの出来事であった。

その間、誰一人身動きもせず、ただただ魅入っていた。いまなお余韻に浸っているようで声をあげることもない。

そんな職人たちとは違い、湊は通常通りだ。

――お若い方々、念願の眷属を見られてようございましたな。

と同年代たちの方を向いたら、滂沱《ぼうた》の涙を流していた。

あ然となった湊が他の職人たちも見渡すと、ことごとく感極まった顔を晒していた。

神妙な気配をまとった湊は、猛省した。己の激烈なニブさを。

○

翌日、ふたたび湊はかずら橋を目指して山道を登っていた。

神霊とともに。

エゾモモンガが、胸ポケットから上半身をのぞかせている。しかと両手で布の縁をつかんでいても、飛び出してしまいそうで若干怖い。

「ポケットから落ちそうになってるよ。あんまり身を乗り出さないようにね」

声をかけたら、やや引っ込んだ。

神霊はまだ御山には数えるほどしか来たことがないため、物珍しいのであろう。

眼を輝かせてキョロキョロする姿を眺めていると、横手から葉ずれの音が近づいてくるのが聞こえた。

さほど待つまでもなく、上方からテンが降り立つ。

「湊、結構早かったな」

並んで歩み出したのは、トリカであった。山で落ち合う約束をしていたから、待っていてくれたようだ。

「おまたせ。ゆっくり登ってきたんだけどね」

湊が答えると、神霊も鼻をひくつかせて何かを話していた。

本日、神霊を連れてきたのには、理由があった。

「かずら橋の手前が少しひらけているから、そのあたりで飛ぶ練習をしたらいいと思うぞ」

トリカに言われ、口元を引きしめた神霊がグッと手に力を込めた。

そう、神霊の飛行訓練のためである。

歩くこともおぼつかなったエゾモモンガだが、ボールを追いかけ続けたおかげで、すばしっこく走るのも可能になった。飲食も問題なくできるようにもなった。

だかしかし、まだ飛んだことはない。

飛ぶと言っても鳥のごとく翼をはためかせてではなく、被膜を広げて風に乗る滑空だ。神霊は野生に帰らなければならないわけでもないから、飛べずとも困りはしない。

とはいえ飛ぶと決心したのは、他ならぬ神霊自身である。

エゾモモンガの身を得たのならば、滑空できるようになりたいという。

数日前、その練習をしたいと、山神から距離を取りつつ告げていた。相変わらず犬が苦手なため、大狼の姿におののいているが、話しかけられるようにはなってきている。

ともかくその場に居合わせた湊が『ならば俺が付き合いましょう』と申し出たのであった。

「山神さんスパルタだからな……」

名乗り出たのは、心配だったからだ。

任せておいたらどれだけしごかれるのかと、想像するだけで胃が痛くなる。やきもきするぐらいなら、己がそばにいようと思ったのだ。いざとなったら、風で助けることもできるだろう。

鳥の鳴き声を聞きながらしばらく登っていると、ややひらけた所に出た。木々の高低差があり、幹の隙間も幅広い。滑空の練習のためにうってつけのような場所であった。

「ここならよさそうだね」

「そうだろう」

湊に自慢気に答えたトリカが斜め上へと視線を流す。

「ああ、ちょうど呼んでいたモノも到着したようだ」

湊と神霊も見上げれば、枝上にエゾモモンガとよく似た野生動物が現れた。

茶色いその動物を背に、トリカは朗々と述べた。

「それでは、紹介しよう。本日の特別講師、ニホンモモンガ先生だ」

「ニホンモモンガ先生、今日はよろしくお願いします」

本気か冗談かわからない発言に合わせ、湊もあいさつをした。

けれども野生のニホンモモンガが返事をするはずもなく、枝につかまってじっと見下ろしてくるのみである。神霊も大きな黒眼を瞬かせた。

「我がお手本を見せるより、同じ体の構造をしたモモンガの方がいいだろうと思ってな」

トリカの気遣いであった。

生きた教材は、このうえなく参考になるであろう。

神霊がトリカを見下ろす。

「気にするな。礼には及ばない」

片方の前足を掲げ、トリカは答えた。

「とりあえず、滑空する様を見るといい」

トリカが視線を送ると、ニホンモモンガが枝を蹴った。すぐさま手足を伸ばして被膜を広げ、斜め下方へと滑空していく。

首をめぐらせる湊が感嘆の声を発した。

「おお、空飛ぶハンカチだ」

「なぜハンカチなんだ」

小首をかしげるトリカは不思議そうだ。

「被膜を広げた姿がよく似てるから、一般的にそう言われてるんだよ」

「なるほど」

トリカと湊が見れば、エゾモモンガは瞬きもせず、小さなハンカチを見つめ続けていた。

ニホンモモンガは数メートル先の幹に到達するや、幹を伝い下りて斜面を駆け上り、再度最初の枝上に戻り、また飛ぶ。それを幾度も繰り返してくれた。

無風に近い今の状態では、さして飛距離は出ないが、風の条件さえよければ二、三十メートルは滑空できるという。

その華麗なる飛び方を、エゾモモンガは湊のポケットから身を乗り出して見つめている。

そんな神霊に、トリカが声をかけた。

「問題は着木だな。そこをしっかり見ておいた方がいい」

湊ごと移動し、ニホンモモンガが体を縦にし四肢を伸ばして幹につかまる一連の動作を、神霊は観察した。

「そろそろいいか？」

トリカが訊くや、神霊が頷く。トリカが下方を見やると、ニホンモモンガ先生は木立に紛れて去っていった。

エゾモモンガが身動きすると、すかさず差し出された湊の手に跳び乗り、地面に下りた。

ちゃっちゃと俊敏に駆け、一本の木の根元で止まった。その幹は、湊にとって己の胴体とさほど変わらず、大きいとは思えない。

けれども小粒のエゾモモンガにしてみれば、視界を埋めるほどの大木であろう。

エゾモモンガは木登りも未経験だ。

「いつも石灯籠を登ってるから、木もイケるよね？」

湊に訊かれ、トリカは頷く。

「ああ、たぶんな。むしろ木の方が爪を立てられるから、登りやすいだろう」

ふたりが見つめる先で、エゾモモンガが登り出した。スルスルと危なげなく幹を伝って枝へと移り、止まった。

目の上に手をかざした湊は、不可解そうな表情を浮かべる。

「あそこ、ニホンモモンガ先生が飛んだ位置より高いよね」

「だな。だが問題はないだろう。前方に邪魔になりそうな枝葉もないしな」

ところが、枝上にいるエゾモモンガはまったく動かない。

その間、遠くから近くからさまざまな野鳥のさえずりが聞こえてくる。

湊は自ずと耳をすませていた。鳳凰のおかげで鳥と縁付き、姿を見るまでもなく鳴き声のみで種を判別できるようになっている。

ヤマガラ、サンショウクイ、そしてホオジロであろう。

みんな元気で何よりと思っていれば、突然、耳慣れない鳴き声が頭上から降ってきた。

視線を上げた湊の顔が驚きに染まる。くちばしも体も赤い鳥であった。

「あの鳥、アカショウビンだよね。珍しい」

トリカも見上げてその鳥を見た。火の鳥なる異名を持つ希少種である。

「ん？　ああ、あいつは最近うちにやってきたんだ」

「実はここに登ってくる時にも、ヤマネを見かけたんだよね。ここは珍しい動物が多いよね」

ヤマネは、げっ歯類のネズミに似た希少動物のことである。

「理由は想像がつくんじゃないか」

「自分たちの長の近くに住みたいから、かな」

「御名答。健気《けなげ》だよな」

軽く笑ったトリカは、ふたたびエゾモモンガの方へと視線を戻す。やや顔を曇らせた。

「そうか、神霊はあそこまで高い位置に登ったのもはじめてになるな……」

「まさか、身がすくんでるとか？　たまに野生動物でもあるよね」

「ああ、わかる気がする。登ってる時は下を見ないからな。足を止めて振り返れば、ずいぶん高い位置まで上がってたんだなと思う時が我でもある。――お、神霊が動いたぞ」

彼らの心配をよそに、飛んだエゾモモンガが手足を大きく伸ばした。

「うーん、被膜を広げるのがやや早かったような――」

「マズいぞ」

湊の判定がトリカの鋭い声で遮られた。

「なにが？」

「神霊、眼を開けていない」

「なっ、無謀すぎる！」

下方からその眼が見えるはずもないが、まっすぐ飛べていないのは知れた。そのうえ、バタつくように傾くのは、風にうまく乗れていないのであろう。

だが見上げるトリカはその場から動かない。

「とりあえず最後まで見届けよう。最初からうまくいかないのなんて当たり前だからな」

「そうだけど――」

湊は風を繰り出したい気持ちを抑えるべく、両手を握りしめる。それを一瞥したトリカはやわらかな声で告げた。

「心配はいらない。我らの身は頑丈だから木に激突しようが、高所から落ちて地面に叩きつけられようが、怪我や骨折はしないぞ」

「でも、痛いんだよね」

「それは、まぁ――それなりに」

正直なトリカはやや眼を逸らした。

折しもその時、エゾモモンガが樹冠に突っ込んだ。大きくはね返され、丸まった体が落下していく。

突如不自然な突風が吹き、くるりとその身を包み込んだ。

ふわふわとゆるやかに降下していく中、エゾモモンガの閉ざされていた両眼が開いた。その視界に、こちらへ指先を向けている湊が映った。

やはり我慢できず、風を放っていた。

傍らにいるトリカがため息をつく。

「過保護だな、湊は……」

「そうかな。これぐらいいいでしょ。自転車も最初は補助輪をつけて練習するしね」

「痛い思いをするからこそ、次は失敗せぬと意気込むものであろうに」

突然低い声が山間に響き、湊の肩が跳ねた。

「山神さん」

肩越しに振り返った湊は、バツが悪そうだ。

白い毛をなびかせ、大狼が優雅な足取りで山道をくだってくる。その間も湊は風を操り、エゾモモンガを丁寧に地面に下ろしていた。

てててて、と駆け寄ってくるエゾモモンガを見やった山神は、湊の正面で止まった。

「甘やかすのはあやつのためにならぬぞ」

「わかってるけど、つい――」

小さな体に、似合いの非力さ。どうしても庇護欲をかき立てられるせいだ。助けることのできる風の力を持っているだけに、余計手が出るというのもあった。

後ろ首を掻く湊のかかとに神霊がしがみついた。

「助けてもらったことに感謝しておる。だが、次は助けなくてよいと云うておるぞ」

山神に代弁され、湊は視線を落とす。見上げてくる神霊は表情豊かとは言いがたい。しかし気配から、やる気を漲《みなぎ》らせているのを感じ取った。

「わかった。もう手は出さないよ」

両手を挙げて降参のポーズをとると、神霊が離れた。見る間に斜面を駆け上がり、幹を登っていく。

「あれだけでも結構すごいことだよね。もし俺が突然エゾモモンガの体になったら、ああも潔く木に登って、飛べはしないと思う」

「うむ、そうかもしれぬな。あやつはやや無鉄砲のようぞ」

山神の言葉を聞いて湊は納得する。

「そうだね。真っ先にニホンモモンガ先生よりも高い位置から挑戦するあたり、察するべきだった」

噂の神霊は果たして、無事空飛ぶハンカチとなれるのか。

枝をつかむエゾモモンガは、下界を見下ろした。

こちらを見上げる湊たちが、己と同じような小さきモノに見える。十数メートルも高い位置にくれば、世界はまったく違うように感じられるのも不思議だ。

それはいいとして、高い。

鋭く息を引き、身をすくませて小刻みに震え出した。

生理的なものだ。無理からぬことだろう。

だが、慣れなければならない。

そうでなければ、いつまで経っても滑空なぞできはしない。

神霊は枝を握りしめ、無理やり震えを抑え込んだ。

挫《くじ》けそうになっている場合ではないだろう。幾度も幾度も思ったではないか。

暗く狭い剣の中に閉じ込められている時に。

ここを出て、歩きたい、走りたい、そして飛べるなら空も飛んでみたいと。

そのすべてが叶う身を与えてもらったのだ。ようやく思い通りに振る舞えるのだ。活用してしかるべきだ。

神霊は遠くを見た。

青い空に白い直線の線が引かれている。あれは自然に生じたモノではなく、人工的な飛行機雲なのだと湊に教えてもらった。それを作り出した飛行機は、鳥に似た鉄の塊だというのも聞いたうえ、飛ぶ姿も見た。

高空を突っ切るように飛翔《ひしょう》するそれらには、到底及ばないだろう。鳥のごとく翼もないから、どこへでも自由に羽ばたいていけるわけでもない。

しかしエゾモモンガの体は、滑空できる。

地を駆けるよりも早く、目的の場所へと到達できると思うだけで心が躍る。何より以前の人の形に比べ、断然使い勝手がよいのも気に入っている。

ただ一つだけ不満はあった。

大狼の山神やテンの眷属たちより、はるかに小さいことだ。そのせいで湊に、過剰に心配されてしまうのだろう。

けれども誰にも見向きもされず、永く孤独な時を過ごした神霊にとってそれはうれしいことでもあった。心配されるということは、それだけ己が気にかけてもらえている証なのだから。

さておき、そろそろ覚悟を決めなければならない。

下界の誰もが声をかけてくるわけでも、態度で急《せ》かしてくるわけでもない。ただ静かに待っている。

心配げなオリーブ色の目で、優しい黒眼で、眠そうな金眼で見守ってくれている。

——それに応えたい。

エゾモモンガの小さな足が枝を蹴った。

被膜を広げて、眼は閉じない。無理やりこじ開けながらも、眼下は見ない。ただ前だけを見るようにした。

ふいに追い風が吹く。その風は、湊のやわらかな風とは異なっていた。

自然の風に乗って後方から飛んできた風の精が、横に並ぶ。

『いいゾ、いいゾ』

横手からもう一体現れ、反対側を飛ぶ。

『じょーず、ジョーズ』

きゃらきゃらと笑いながら声援を送ってくれた。無理な風を送ってこようとはせず、自然の風とともに飛んでくれている。

楽しそうな彼らは心強い味方であった。

神霊も楽しもうと思った。怖がってばかりでは、もったいないではないか。念願の空を飛べているというのに。

風に乗ればいい。ただ流れに身を任せればいい。


その滑空する様子は安定していた。地上から見上げるトリカが口を開いた。

「今度は、しかと眼を開けているぞ」

「よかった。あれぞまさに空飛ぶハンカチだね」

湊は喜色満面になっているが、山神は眼を眇めた。

「うむ。だが、まだ風の流れは読めぬようぞ」

「厳しすぎる。まだ二回目なんだけど」

下方を向いて湊が意見していると、トリカが背筋を立て、首を伸ばした。

「そろそろ、木に着くぞ」

最大の難所が迫っていたようだ。

はっと湊が顔を上げた時、エゾモモンガの高度はかなり下がっていた。その前方に幹があり、位置取りはなかなかいいように見えた。

拳を握って過剰に力む湊に見守られる中、エゾモモンガはビタンッと音高く幹に張り付いた。

遠目からでは上出来に見えた。

「やった！」

湊が歓声をあげる一方、トリカと山神は微妙な顔をしている。

「――だな。幹に到達したのはよかったな。顔面を強打したが」

「えっ!?」

「うむ。それでも幹に張り付き続ける根性も買おう。ちと泣いておるが」

湊が猛然と斜面を駆け下りていった。

それからエゾモモンガは、半泣きながらも練習を続けた。

回数を重ねるたびに上達していく様子を、梢の隙間から烏天狗《からすてんぐ》が、木立の陰から山姥《やまんば》が、茂みの中からヤマアラシがのぞいている。

そのうえ、彼ら妖怪を束ねる古狸も大木の枝の又に座って見学していた。

そのどんぐり眼《まなこ》が湊の背中へと向いた。じっと見つめていると、振り向いた湊と視線が合うや、姿をくらませる。

別の木へと場所を移し、同じようにしばし凝視していれば、また湊が振り仰ぐ。その表情は呆れているようだが、古狸は笑い顔だ。

「やつがれに気づくのが早くなってきたな。上等、上等。フヒヒッ」

そのつぶやきと含み笑いを耳にしたのは、足場にした木の洞に住まうアカゲラ《キツツキ》だけであった。

第11章　はぐれ退魔師と陰陽師たち

二人の陰陽師と式神三体が突撃した泳州町は、いったいどうなったのか。

町全域の至る所にはびこる悪霊を一日では祓えず、翌日に持ち越しとなっていた。

播磨がふたたび現場へと向かいかけたところ、一条が声をかけてきた。

——己も泳州町の悪霊祓いに参加すると。

本日も葛木と赴むく予定であったため断ろうとしたら、四家の一家たる一条家の次期当主サマは、上司よりも上の地位につく一条家当主《己が父》に、直談判《じかだんぱん》して許可をぶん取ってきていた。

というわけで、二回目の泳州町突撃人員は増えた。

四人に。

堀川も一緒である。意外にも彼女は自らともにいくと名乗り出たという。堀川が大事な一条は難色を示したものの、彼女が引かなかったらしく折れたようだ。ここのところ、二人の立場が逆転してきているが、それはともかく。

現在、四人の陰陽師は方丈町南部の中心街にいた。

一条が泳州町に行く前に寄ると、譲らなかったせいだ。

南部は、泳州町と隣り合っているせいで悪霊が多くなっていたが、定期的に赴く陰陽師たちによって祓われていると播磨は報告を受けていた。

列になって歩む最後尾の播磨が見れば、大通りにも両側に立ち並ぶ店舗にも、悪霊の気配は欠片もない。瘴気が漂っている場所もなかった。

――問題はないな。

思っていると、店舗の端で一条が足を止めた。

「消されてるじゃねぇか……」

怒らせた肩で、忌々しそうにつぶやいた。その斜め後方に立ち止まった播磨と葛木は、訝しげに眉間に皺を寄せた。

堀川といえば、一人行く手へと進み、道をジグザグに歩んだあと、小走りで戻ってきた。

「全部同じように塗りつぶされていました」

それを聞いた一条は舌打ちをする。

「なにがだ？」

パナマ帽を押し上げた葛木が、軽い調子で訊いた。

振り向いた一条が一歩横へズレると、店舗の壁に黒い粘液がついているのが見えた。

「これだ」

親指で示されたそこは、ピンポン玉にも満たない範囲でしかなく、黒く汚れている。しかし壁自体もくすんでおり、道行く人々の目にとまることもないだろう。

一条が播磨の正面に立って見据えた。

「数日前、お前の家のお抱え符術師がここら一帯に点を書いていったんだよ。それが全部消されている」

一条は以前、湊の身辺調査を依頼した際、顔写真を見たことがあった。


播磨は、盛大に顔をしかめている。

あらかたの予想はついていた。おそらく湊はここを訪れた際、悪霊の多さに気づいたのだろう。わざわざ力を遣ってくれたようだが、それを消した輩がいるとは。

播磨は離れた位置からその粘液を見つめた。

そこから湊の祓いの力および翡翠の色は、微塵も感じられない。

人の枠を外れた湊の力を完璧に抑え込める、あるいは消せる粘液をつくり出せるのならば、相手も並みの術者ではないということだ。

進み出た葛木が、乾いた黒い粘液に顔を寄せた。

「やべぇモン扱えるやつみたいだな。どんなやつなんだか……」

「退魔師しか考えられないですね」

「決めつけるのはよくないよ〜」

四人の陰陽師の背後から、快活な声がかかった。

一斉に振り向くと、数歩先に一人の若者が立っていた。亜麻色の頭の後ろで両手を組み、にこやかに笑っている。

播磨はすぐに気づいた。

先日、方丈町南部と泳州町の境目の川近辺で悪霊祓い中に二人の退魔師と揉めていた折、仲裁に入ってくれた人物──鞍馬《くらま》であると。

その時は、さも退魔師だと主張する僧めいた衣装であったが、今日はラフな普段着を身にまとっている。そんな格好であれば、どこにでもいそうな高校生にしか見えなかった。

が、四人もいる陰陽師誰一人として、彼の気配に気づけなかった。気配を殺すのに慣れており、武道の心得もあるのだろう。

思いつつ、播磨は声を発した。

「君は、先日会った鞍馬君か」

「そ。また会ったね、お兄さん。今日は綺麗なお姉さんたちと一緒じゃないんだ……」

組んでいた手を下ろし、鞍馬は力なく告げた。至極残念そうである。前回会った時、播磨の妹と従姉がいたからだろう。

鞍馬は、胡散くさそうに睨む一条を一瞥することもなく、その隣の堀川で視線を止めるや、顔を輝かせた。即座に神妙そうな顔をつくり、伏し目がちの堀川へと歩み寄る。

「いや、いたわ。別の美人さんが！　憂い顔が美しいお姉さん、なにか悩み事でも？　オレでよければ話聞こうか？」

あと数歩の位置で、一条が立ちはだかった。射殺さんばかりに睨《ね》めつける様は、狂犬さながらである。

「なんだ、男連れかよ」

ケッと顔をゆがめ、鞍馬は跳び退った。それから呆れ顔の葛木を見て、眉を上げた。

「おっ！　おっさん、葛木の爺さんの身内でしょ？」

「お前さん、親父を知っているのか」

「ちょっと前に知り合ったんだけどさ――」

言葉を切り、葛木の頭の先から足までざっと流し見る。

「見た目はそっくりでも、霊力の差はえげつねぇね！」

ケラケラと楽しげに笑い出した。

「失礼なボウズだな……。まぁ、その通りだけどよ」

葛木は苦く笑うだけだ。

父とは容姿が酷似していても、霊力は足元にも及ばない。若かりし頃は荒れた時期もあったが、心に折り合いもつき、いまさら若造に指摘されたところで痛《いた》くも痒《かゆ》くもない。

「それより、君はこの仕業が退魔師ではないと言うのか？」

播磨が壁の汚れへと目をやりながら訊けば、

「いんや、それ泳州町の退魔師がやったんだよ」

鞍馬はあっさり前言を撤回した。陰陽師一同から非難がましい目で見られようと、ケロリとしている。

「大した根拠もなく決めつけるのはよくないよって意味で言っただけ〜」

おどけて告げたのち、急速に表情を改めた。

「そんなことよりさ、あんたらも気づいてるだろ。泳州町のバカが悪霊を増やしてるってことをさ」

「ああ」

播磨が答えると、鞍馬は軽い口調で暴露した。

「そいつがやったんだよ。わざわざ増やしてるのに、くすのきの宿の守護神サマによって減らされたらたまらないからさ」

一歩進み出た一条が、怒りを抑えた低い声を発した。

「お前は自分の土地に、他の町にあふれるほど悪霊がいるのを知っていながら放置しているのか」

一条は己の霊力を奢ることはあれど、意外にも正義感は強い。非凡なる力は、悩める民草のために遣ってしかるべきだとの考えを持っている。

眼前の鞍馬は若いながらも相当な術者なのだと、同じ術者の陰陽師たちが気づけるほどだ。にもかかわらず、現状を見て見ぬふりしているのは明らかだ。

「そうだよ。だって誰にも依頼されてねぇし。タダ働きなんてするわけないじゃん」

鞍馬は臆することも悪びれもせず、当然のように返した。

播磨と葛木は、言葉にしがたい相を浮かべている。

「それはまぁ、そうだが――」

「まぁ、なぁ。ボウズらにそんな義務はねぇわな」

「そ。公務員のあんたらと違ってオレら退魔師にはねぇの。義務化されるなんてまっぴら御免だから、何年か前、陰陽寮からきた使者って人に『陰陽師になってくれ』って頼まれた時も断ったんだよね」

悪童めいた笑い顔になったものの、ふたたび顔を引きしめた。

「でもさ、そんなオレでもさすがに悪霊を増やすのは、やりすぎだと思うわけよ」

「ほう？」

葛木が促すと、鞍馬がにっと片方の口角を上げた。

「ひさびさに帰ってきた地元がこんな状態じゃ、おちおち出かけらんないし。オレさ、全国をふらふらしてるんだよね。退魔の仕事のためっていうか、まだ見ぬオレの花嫁を探すことが第一目的なんだけど」

「そりゃあ、大変そうだな」

話が横道に反れようと、葛木は律儀に返してやっている。呆れもしないたった一人の聞き役に、鞍馬が嬉々として向き直った。

「そう、そうなんだよ！　葛木のおっさん聞いてくれよ。この間行った島にいた超絶オレ好みの清楚系美人がやっと、やっっと！　出会えた運命の人かと思ったら――」

「おい！　いい加減にしろ。お前は話がとっ散らかりすぎだ。こっちは暇じゃねぇんだよ、さっさと本題に入りやがれ！」

貧乏ゆすりが止まらない一条に遮られ、鞍馬は口を尖らせた。

「なんだよ。これぐらいで怒るなんて、うちの兄貴どももみたいなやつだな」

「お前さん、兄貴がいるのか」

「そ、六人。オレ末っ子」

訊いた葛木が軽くのけぞって目をむく中、播磨は一条へと目を向けた。その顔はひどくゆがんでいる。

一条もきょうだいが多く、その数が軽く十を超えているのは、血に拘泥する当主のせいだ。なお、こちらは腹違いである。

「七人兄弟とは、いまどき珍しい子だくさんだな。全員霊力持ちか？」

興味を持ったらしい葛木が尋ねると、鞍馬は首を横へ振った。

「いんや、オレと五番目の兄貴だけ」

大勢の兄弟のうち、二人しか霊力が遺伝していないのなら、一条とまるっきり同じ境遇であった。

眼鏡を押し上げる播磨の傍ら、葛木も感嘆の声を漏らした。

「ほう。その五男は、お前さん並みに強《つえ》ぇのか？」

「葛木さん」

今度は播磨が止めた。一条の言う通り、時間に余裕はない。

パナマ帽をつまみ上げ、葛木はヘラリと笑った。

「おっと、すまんすまん。――それでボウズ、わざわざ俺たちに声をかけてきた理由はなんだ？」

「それなんだけどさ――。あ、ちょっと待って」

「またかよ」

一条の苛立ちが増した時、鞍馬が腕を横へと伸ばした。そのあたりの空間がゆがみ、顔色を変えた陰陽師たちが半歩下がる。

突然、鞍馬の腕に降り立ったのは、獣であった。

小ぶりな体軀《たいく》はコウモリに似て、赤い眼が妖しい光を発している。

妖怪だ。その鋭き眼光で四人の陰陽師を見据えるも、襲いかかる素振りはない。

鞍馬が調伏し、己が式神としたモノだろう。

播磨は、肌が粟立《あわだ》つほどの妖気を放つ妖怪を目の当たりしたのは人生初になる。

むろん他の三人も同様で、いまだこんな強い妖怪が存在しているのかと彼らが危機感を覚えているのをよそに、その式神は顔を鞍馬へと向けた。

「よし、わかった。あそこか。ご苦労さん」

何事か報告を受けた鞍馬は指先で式神の頭をなで、四つの硬い表情を順に見やって人懐っこい笑みを浮かべた。

「悪霊を増やしてるおっさんの居所を突き止めたから、教えてあげるよ。元凶のおっさんと悪霊退治よろしく、権力の後ろ盾がある公僕のミナサン」

○

八畳の和室に突如、獣めいた咆哮が響き渡った。その声を発したのは、部屋の真ん中にいる中年女性だ。

化粧っ気のない顔をゆがめ、白目をむいている。

にもかかわらず、正座したままだ。

その正面に対座していた若い男は仰天し、腰を抜かしたようだ。その様子を中年女性の背後に佇む僧衣の男が、愉快そうな目で眺めている。

――ちょろい、ちょろい。

退魔師――安庄《あんしょう》は声をあげて笑いたくなった。

だがそんな気持ちはおくびにも出さず、鬼気迫る顔をつくり切羽詰まった声を出した。

「お母さんに憑いているのは、狐の悪霊のようです……！」

その手に持つ大幣《おおぬさ》を派手に振り回した。いかにも悪霊祓いの儀式を遂行中ですと言わんばかりに。

むろん舞台装置も抜かりはない。後方に祭壇も組んだし、部屋の四方に呪符も貼り付けてある。

――なんの効果もありはしないがな。

しかし大事だ。効果のあるなしなぞ常人に知れなくとも、様式と見た目は重要である。

愚かな依頼人たちを騙《だま》すために。

本日安庄は、〝母に取り憑いた悪霊を祓ってほしい〟とその息子から依頼を受け、他県にあるこの家に訪れていた。

実際、中年女性を視てみれば、悪霊は憑いていなかった。おそらく精神的に弱り、多少の奇行が見られたのだろう。

悪霊をまったく認識できない者が、悪霊に取り憑かれているせいだと決めつけるのは、あまりに早計である。

だが意外にもこの手の者は多く、そして人伝《ひとづて》に退魔師を頼って依頼してくる。

――鴨《かも》が葱《ねぎ》をしょって来たんだ。逃がすわけがない。

だから、あえて悪霊を憑けてやった。

そのせいで中年女性は髪を振り乱し、叫び続けている。

その異様な光景に恐れをなした息子が襖《ふすま》まで後退し、尻餅をついた姿勢で叫んだ。

「や、やっぱり、母さんには狐の悪霊が憑いていたんだ！　そうじゃないかと思ってたんだよッ」

確かに中年女性の目尻は吊り上がり、狐に見えないこともない。

――なに言ってんだか。お前のかーちゃんに憑けたのは、元狐じゃなくて元人だよ。

思っていても、安庄は別のことを口にする。

「そうです！　あ、襖は開けてはいけません！　結界が破れてしまいます！」

息子は襖から手を離し、這って部屋の角に逃げた。

――そもそも結界が張られた中に、自分も入っているおかしさに気づいてもよさそうだが。

バカバカしい演出であろうと、やらねばならぬ。この作法が伝統であり、金のためである。

ここできっちり仕事をこなせば、この息子が吹聴してくれるだろう。いつの時代であろうと口コミの力は侮れないものだ。

――次の仕事につながるから、大いに喧伝《けんでん》してくれよ。

ゆるみそうになる頬を叱咤し、安庄は声を張った。

「それでは、いまから悪霊を祓いますッ」

呪を唱えつつ大仰に大幣を振った。

その下方で、ほどほどに効果のある呪符を中年女性の背中に押し付けた。


ひと仕事を終えた安庄は、ニヤけながら街道を歩いていた。僧衣をさばきながら進むその足取りは軽い。

「ボロい仕事で笑いが止まらんわ」

今し方の件で、隣県での仕事はすべて終わった。数日ぶりに地元――泳州町へ帰ろうとしていた。

やがて泳州町に入る場所で、安庄は周囲を見渡した。

「ん？　瘴気がないな……」

まだ町外れだからだろうか。

たとえ隣町との境界付近であろうと、町の至る所で悪霊を増やしている影響で、瘴気が漂っているはずなのだが――。

「――まぁ、いい。とりあえず、祓い残しておいた家にいくか」

いかにも騙されやすそうな者が身内にいた場合、あえて悪霊を完全に祓わず、二度三度と分けて祓うようにしていた。

むろん回数に応じて費用もかかるのだが、目に見えて効果が現れるため、疑うことなく支払ってくれる。


方丈町南部に近い一軒家を前方に認めた安庄は、首をめぐらせた。

前回ここで三人の陰陽師と出くわしたからだ。危うく依頼人に憑いた悪霊を祓われるところであった。

「まったく忌々しい」

町の随所に放っている式神の知らせで追い払えたが、油断も隙もありはしない。

「あいつらはどこか遠い土地で、お仕事してりゃあいいのによ」

ブツブツ文句を言いながら、一軒家のインターホンを押した。

即座に応えはなく、しばらく待っていると直接玄関の扉が開いた。

ズバンと扉が外れかねない勢いで出てきた人物を目にして、安庄はあんぐりと口を開けた。

「性懲りもなくまた現れたわね！　このインチキ野郎！」

箒を構えた勇ましきアマゾネスであった。

――おかしい。ここの娘はこんな勝ち気なタイプではなかったはずだ。いかにも騙されやすそうな気の弱い小娘だったはずだ。

訝しむ安庄を睨み据える娘が吼《ほ》えた。

「なにしに来たのよ！」

「それはもちろん、こちらのお宅の方に憑いた悪霊を祓いに――」

「嘘《うそ》ばっか言うな！　おばちゃんに憑いていた悪霊、全然祓えてなかったって、知ってるんだからね！　もう神社の宮司さんに祓ってもらったから、アンタなんかに用はないのよ！」

「なんだと……」

「二度とくるな！　失せろッ！」

箒をぶん回され、安庄は一も二もなく退散した。長居は無用である。

住宅地の路地を歩む安庄は、噛んでいた爪を離した。

「まぁ、いい。一件くらい仕事が減ったところで大したことじゃない」

なにせ町に瘴気がまん延するだけでも、健常者すらおかしくなるのだ。疑心暗鬼に囚われ、通常視えないモノまで視えて、常に不安に苛まれることになる。その延長で悪霊に憑かれていると勘違いするだけではなく、精神安定のよすがとして呪符に救いを求めてくるだろう。

こちらは商売繁盛。してやったりである。

そのはずであった。

泳州町の中心街を目指して車道沿いを進むたび、安庄の顔は険しくなっていった。

「これは、どういうことだ……」

陽光に照らされた町は、のどかな風景に満ちていた。車道を行き交う車、時折すれ違う通行人も
おかしな点は一つも見当たらない。

どこにも瘴気なぞありはしない、ありふれた正常な町並みであった。

小走りで廃屋と化していた元店舗に近づく。

ここには、隣町に赴く前まで悪霊が巣喰っていた。それがどうだ、いまや瘴気のしょの字もない。

乱暴に戸を開ければ、こざっぱりとした部屋に出迎えられる羽目になった。

「なんでだよっ」

憤《ふん》怒《ぬ》の形相で身を翻して駆け出す。

「園能《えんのう》のやつ、なにをやってやがる！」

安庄にはたまに仕事をともにする相手がいる。昔から家同士の付き合いのある園能という同年代
の男で、さして霊力も持たず、町を監視する程度の弱い式神しか使えない。

いったいあの男はどうしているのか。ほんの数日留守にしていただけでこんな有り様になるとは。

「あの無能めっ」

安庄は地を蹴った。黒い衣をはためかせ、全力疾走する中年男に目をくれる者は誰もいなかった。

息を弾ませた安庄が行き着いたのは、街の中心地からやや離れた場所であった。

広い敷地を誇る、瓦屋根を有する大家屋。代々続いた退魔師の一族――安庄家の住まいだ。一族がちりぢりなった今、無用の長物となり安庄一人が離れで生活している。

その母屋を埋め尽くすほど、悪霊を飼っていた。二日前までは――。

木戸門を抜けた安庄は愕然と立ちすくんだ。

悪霊はおろか瘴気も消え去り、ここ数年まともに見ることも叶わなかった外観がその全貌をあらわにしていた。

「だ、誰が勝手に祓いやがったんだ――」

「俺だ」

安庄が勢いよく振り返る。

木戸門の横手に、眼鏡をかけた黒衣の陰陽師が佇んでいた。

「お前には令状が出ている。観念するんだな」

播磨は、安庄の顔が憎悪に染まりゆくのを冷めた目で眺めた。

「き、きさま、よ、よくも……」

怒り心頭で呂律《ろれつ》が回らないらしい。

怒りたいのもその台詞を言いたいのもこちらの方である。よくも無駄な仕事を増やしてくれたものだ。

昨日、泳州町全域の悪霊と瘴気をおおむね祓ったものの、町内に点在する空家などから次々に悪霊が湧き、焼け石に水でしかなかった。

とはいえすでに、陰陽師四人と式神三体で手分けして祓い終え、播磨はここの母屋に巣喰っていた悪霊を根絶やしにしていた。

そして、元凶の悪霊を増やし育てる呪具も破壊している。

おかげで湊が書いてくれた格子紋は、残り一つになった。

それも消えかけで、あまり効力はない。


播磨は格子紋の消えた手で眼鏡を押し上げ、わめき続ける安庄を見据えた。

「悪霊祓いを生業にしていながら、自ら悪霊を増やすなど、術者の風上にも置けないやつだな」

「術者だからこそ、だろうが。持てる力は遣ってなんぼだ」

「泳州町は、先祖代々住んできた土地だろう。そんな大切な場所を悪霊だらけにして罪悪感はないのか」

「そんなものあるはずがない。ここが一番金儲《かねもう》けに適した土地だから住んでるだけだ。情なんかあるかよ」

「金のことしか頭にないのか」

「はっ、当たり前だろうが。綺麗事を抜かすなよ、公務員が」

「お前だってなればよかったんだ。それだけの腕はあるだろう」

生活の安定を求めるのなら、国家公務員たる陰陽師になればいい。霊力持ちなら諸手を挙げて歓迎されるのだから。ただし四家が牛耳っているので、出世は諦めなければならない。

「誰が陰陽寮になんか入るか。無能どもに顎で使われるくらいなら死んだ方がマシだ！」

叫んだ安庄が、懐から取り出した呪符をばらまいた。

即座に周囲を黒煙が覆う。その中から数多の黒い鳥が泣き声をあげつつ、四方へと飛んでいく。

「町がこんなに明るいと落ちつかないもんでな」

目の前の播磨より、そんなことが大事らしい。放射状に瘴気と悪霊が広がる下方で、喉を晒した安庄が大口を開けて笑っている。

が、たちどころにその顔面が凍りつくことになる。

敷地外から怪鳥のごとき叫喚が一つ聞こえ、立て続けに複数あがるや、見る間に瘴気も薄れていった。

「なんだとっ」

安庄が仁王立ちした播磨を睨みつけた。

「陰陽師が俺だけだと思っていたのか」

「そうか、そうだったな。陰陽師は一人で行動できない腰抜けぞろいだったな。もう一人いたのか」

「さてな」

正確な情報など与えるはずもない。

一条、堀川、葛木と式神三体が敷地外にいる。先ほどおもに一方向から祓われたのは、一条によるものであろう。

性格に難しかない男だが莫大《ばくだい》な霊力持ちのため、戦力にはなる。

遠くで雷鳴が鳴った。

播磨が斜め上方を見やると、遠い空が厚い灰色雲で覆われ、雨でけぶっていた。そちらの方角から生ぬるい風も吹いてくる。ここに雨雲が到達するのも時間の問題だろう。

播磨は静かな声で告げた。

「いい加減に諦めろ」

安庄の身柄を拘束し、その後、司法の手にゆだねる手筈《てはず》になっている。

呪術を用いた犯罪の罪は重い。ひと昔前は問答無用で死罪であったが、昨今では無期懲役のうえ、二度と呪術を行使できない処置を施されることになる。

むろんそのことを承知している安庄が、大人しくお縄についてくれるはずもなく。

「うるせぇ、誰が諦めるか！」

またも呪符をまき散らした。

今度は中空で溶けて黒い粘液と化し、地に落ちて広がる。そこからせり上がって人の形をとった。

播磨の正面に数多の黒法師が半円を描いた。針金のように細い身体、力なく垂れ下がった両腕。

その身たちがやや沈んだ直後、一斉に飛びかかってきた。

無数の拳を繰り出して殴って祓えるはずもない。群がられながらも、一体ずつ確実に仕留めていった。

空に閃光《せんこう》が走り、大気に雷が轟く。湿気を含んだ一陣の風が、対峙する術者の間を駆け抜け、一枚の枯葉が空高く舞い上がった。

○

所変わって楠木邸は、今日もうららかな様相を呈していた。庭の中心で直立するクスノキが、やわい風を受けて枝葉をそよがせている。

手水鉢の水を飲む麒麟のヒゲもゆれ、応龍が川をのんびり泳ぎ、大岩の上で霊亀も甲羅干しに勤しみ、石灯籠二基にそれぞれ鳳凰と神霊もこもっていた。

そんなのどかな風景を見渡せる縁側では、巨大な座布団で山神がヘソ天でくつろいでいる。

――ちりん。

時折涼やかな風鈴が鳴る中、まったり思い思いに過ごす人ならざるモノたちと異なり、真面目な管理人は座卓で副業に励んでいた。

お馴染みの護符作成である。

伸びた背筋、和紙の上を滑る筆の動き、祓いの力の込め方。どれをとっても堂に入っており、もう一端の符術師といえよう。

滝壺に落ちる水のように、あるいは筧から手水鉢に流れる水のように、なめらかに動く筆が流麗な文字を記していく。

そんな中、大狼がもぞもぞと動き、小さな唸り声を立てた。

「ぬぅ、いかんともしがたい。座布団の底付き感が気になるぞ」

「だからこの間打ち直しに出そうかって言ったんだよ。もうそれせんべい布団になってるよ」

会話をしながらも、祓いの力の出方がゆらぐことはない。

山神は見ていないようで、その実しかと横目で見ている。

「今日はそれなりに数をこなせておるな」

「うん、結構いい感じ。このままのペースを保てば、播磨さんをがっかりさせないで済むかも」

前回も渡せる護符が少なく、物足りなそうにされてしまった。なにぶんもともと量産はできず、木彫りもはじめたこともあり、以前より枚数が減っているのは致し方あるまい。

「播磨さん、ここに着いてすぐ倒れるくらいだから、相当忙しいんだろうね……」

「そうさな。あの時は、風が間に合ってよかったではないか」

とっさに湊が放った風によって事なきを得ていた。

「ホントだよ。あのままだったら確実に顔面から地面にダイブしてたよ。鼻や歯が折れなくてよかったよかった」

山神は喉を震わせて笑い、からかうように告げた。

「ひしゃげても案外、元通りに治るやもしれぬぞ」

湊は手を止め、視線を上げた。

「それは、播磨さんから神様の気配がすることに関係ある？」

山神が頭部を傾け、湊を見た。

「ほう、気づいておったか」

「播磨さんの身体を支えた時にね」

手の甲に字を書く程度ではわからなかったが、接触面積が広かったせいか気づけた。

「左様、あやつには神の血が流れておる。遠い先祖に神がおったのは紛れもない」

「そっか……。そういえば春頃、町中で播磨さんが何人かの女性と一緒にいるところを見かけたことがあったよね。その時、山神さんがすぐ『血族ぞ』って教えてくれたのは、全員に神様の血が流れてるのを見抜いていたからだったとか？」

「左様。神の眼《我》には、一目瞭然ゆえ」

湊は面を上げた。

「播磨さん、外見は普通の人にしか見えないけど、人と違うところがあるの？」

「さほどあるまい。今し方云うた元通りに治るというのは冗談ぞ。あそこまで血が薄まっておるのならば、多少の恩恵――怪我が治りやすい、病気になりづらい程度しかなかろうて」

「じゃあ、霊力の恩恵はないんだね」

「うむ。もとより霊力の多い血筋ではないのであろうよ」

湊も播磨の霊力が少ないのを知っている。何度目かの取引の時、本人から聞かされていた。

「霊力って増やせないものなの？」

播磨が倒れた時、肉体的疲労に加えて霊力が底を尽きかけていたせいもあるのだと、山神が教えていた。

「いかに錬磨しようが、増えぬ。あやつの霊力の溜まる器は小さいゆえ」

「器が小さい……？」

理解しがたいような湊を見て、山神は仰向けの体勢でキッチンを見やった。カウンターの向こうに食器棚がある。

山神が片方の前足をクイッと曲げるや、食器棚の扉が開き、いくつかの容器が飛んできた。

コトコトと座卓に一列に並ぶ、その数は三つ。

山神の湯飲み、湊のマグカップ、おちょこ。大中小である。

「その器は魂に内包されておるゆえ、徒人《ただびと》には見えぬが、あえて可視化するならこれらがわかりやすかろう」

鎮座した山神が前足を挙げると、連動して湊のマグカップが浮いた。

「先日会うたろう、いづも屋の生臭坊主」

「生臭坊主って。あそこの店員さんはお寺の五男らしいけど……。まぁ、うん。それで？」

「あやつの持つ器は平均的な大きさで、お主のまぐかっぷ程度である」

「なるほど。あの方、霊力もお持ちなんだね」

他にも神や霊獣を察知できる感覚も優れている。異能の総合デパートみたいな方だなと湊は思った。

「うむ。して、あの眼鏡はこれぞ」

山神はおちょこを浮かせた。

マグカップと比べるのも気の毒な差があり、湊は微妙な顔をした。

「して、霊力ではないが、まぁ、似たようなモノであるお主の祓いの力の器は、これぞ」

音もなく入れ替わりに浮き上がった山神専用の湯飲みが、左右へ躍るように動いた。

差は理解できたが、湊は首をかしげる。

「俺の器は、大きい方なのかな」

「相当ぞ。まさに並外れておる。その大きさもさることながら、祓いの力の回復速度もそこそこ速い」

「ありがたいことです」

どなた様に感謝を向けていいかわからず、ひとまず眼前の大狼に手を合わせた。

目に痛いほどの後光がさす御身から視線を外し、食器棚《住まい》へと帰っていく整列した三つの器を見送った。

どっこらしょと山神は座布団に身を横たえる。

「とはいえ、かの眼鏡の器は小さく、そのうえ回復も遅いが霊力の質はよい」

「質の良し悪しがあるんだね」

「左様。精進して磨き上げれば、質を向上させることができる。悪霊に数の暴力で責められない限り、己で対処できよう」

「じゃあ播磨さんは、それだけ頑張ったってことか」

「うむ。いまなおであろうよ。日々の鍛錬が物を云うゆえ」

湊は口をつぐんだ。己でできうる限りの努力をしても、それ以上は叶わない。ゆえに、湊の護符に頼らざるを得ない。

悔しいだろうと思う。

けれどもいくら邁進《まいしん》しようが、渇望しようが、手に入らない、ままならないことは往々にしてあるものだ。人間の手に負える次元の話ではない。

湊は新たな和紙へと手を伸ばした。

「今日は調子がいいから、できるだけ書いておこう」

筆を握り直した時、山神が裏門の方へと鼻先を向けた。

そこから一陣の風が吹き込んできた。

——ちりん！

風鈴が高らかになったと同時、ひらりと一枚の枯葉が敷地内に舞い降り、間をおかず湊の横髪もはねた。

『悪霊祓いを生業にしていながら、自ら悪霊を増やすなど、術者の風上にも置けないやつだな』

明瞭な播磨の声が聞こえ、湊は息を呑んだ。

聞き捨てならぬ内容に、和紙を握ったまま全神経を耳に集中させる。

その耳元で風の精が自らの口に手を当て、こそこそとささやくのを横たわった山神が見ている。

『術者だからこそ、だろうが。持てる力は遣ってなんぼだ』

吐き捨てるような言い方であった。その中年男の声には、聞き覚えがない。

『泳州町は、先祖代々住んできた土地だろう。そんな大切な場所を悪霊だらけにして罪悪感はないのか』

――泳州町が悪霊だらけだと……。

湊の顔色が変わる。

『そんなものあるはずがない。ここが一番金儲けに適した土地だから住んでるだけだ。情なんかあるかよ』

中年男の居丈高な物言いを最後に、声は途切れた。

水音だけが木霊する中、湊は険しい顔つきをしていて、風の精はその場にとどまり続けている。

播磨と安庄の会話をわざわざ湊に届けに来たのは、もちろんただのイタズラではない。風の精も泳州町の惨状を憂い、憤っている。

ゆえに、湊の行動を期待していた。

座卓に広げられていた護符がかき集められていくのを見て、風の精は破顔した。

ため息をついた山神が身を起こし、泳州町の方角を見やる。

雷をともなう雨雲が海側から急速に移動し、町全体を呑み込もうとしている。滝のような雨が地上へと降り注ぐ様が、神の眼には明確に映っていた。

古めかしい日本家屋を背に、対峙する黒衣の男が二人。洋装の播磨と和装の安庄も肩で息をしている。

安庄が放つ無限かと思われるような悪霊を、播磨はことごとく祓っていた。

「そろそろ、諦めたら……どうだ」

言葉が途切れがちな安庄だが、その顔にはまだ余裕がある。

一方、播磨にはほとんど余裕がない。

手の甲に記されていた格子紋は消えてしまい、己が霊力を振り絞り祓っていた。

安庄が呪符を放ちそれが悪霊の姿へと変わった瞬間、播磨は印を結んで祓う。

「お前こそ、諦めろ」

こめかみを伝う汗を拭う余裕さえなかろうと播磨は吼えた。

二人の戦いは、どちらの霊力が先に尽きるかの様相を呈していた。

「これで最後にしてやる」

安庄が呪符を放った。

その直後、予期せぬ事態が起こる。滝のごとき雨が降り注ぎ、地に落ちた呪符の文様がみるみる消えていく。

所詮、通常の墨を用いて書かれた物だ。水に濡れれば、効力もろとも流れていくのは当然である。場違いにも播磨は、ああ、そうだったなと思った。なにせ湊の護符は水に濡れようが、こすろうが消えることもなく、それが当たり前になっていた。

どしゃぶりの雨に打たれたいくつもの呪符から墨が流れ出していき、まるで天は播磨に味方したかに思われたが、そうは問屋が卸さなかった。

「雨程度で、怯むかよっ」

安庄は懐から何かをつかみ出すや、地面に叩きつけた。

陶器の欠片が飛び散った途端、瘴気があふれ、播磨は飛び退る。黒煙と化した瘴気の中に何体もの悪霊の影がうごめいく。

「いったいどれだけの悪霊を飼い慣らしているんだ」

家の塀を背にして、身構える播磨は戦慄していた。

通常、我欲でしか動かない悪霊を手懐ける術など、己の家に伝わっていない。播磨家は純粋な陰陽道を伝える家柄とはいいがたいが、他家の術でも見たことも聞いたこともなかった。

だが、それは致し方ないことでもある。その家固有の術は秘されるものだからだ。

とはいえ、やはり悪霊であった。式神のように命令に忠実に動くようなことはなく、いくつも敷地外へと飛び出していった。

それでも敷地内を埋めるほどの悪霊が残り、しかもいまだ割れた陶器から悪霊が無限のように湧き出てくる。

播磨の顔が苦痛にゆがむ。もう立っているのもやっとの状態であった。

霊力は、ほぼ尽きた。しかし、この惨状をただ手をこまねいて眺めているだけなど、できるはずもない。

襲いかかってくる悪霊をかわし、大口を開けて突進してくる悪霊をかいくぐり、播磨は震える指で印を結んだ。

割れた陶器に狙いを定めた。陶器もろとも悪霊の塊が吹っ飛ぶ。

元は断ったとはいえども依然として絶え間ない雨、瘴気、悪霊で視界はまったく利かない。

――安庄は、どこだ。

全神経を総動員して探る。大気の流れを読み、かすかなる足音を聞き、生者の息遣いを――捉えた。

播磨の身体がかき消える。

「うぐッ！」

木戸門から出かけていた安庄の両足が地面から浮き、身体がくの字に曲がった。

その腹部に播磨の脛《すね》がめり込んでいる。和装に包まれた身が後方へ吹っ飛び、地面を転げ回り、家の壁に激突。壁に寄りかかる姿勢で動かなくなった。

「――最後が力技とは情けないな……」

使えるものは使うべしがモットーの家柄ゆえ、さしたる羞恥はない。

播磨はこうべを垂れた安庄を一瞥し、あたりを見やる。悪霊はほとんど敷地外に飛び出していたが、祓われていた。おそらく一条によるものだろう。

けれども何体か残り、瘴気も完全には祓いきれていない。

いくら一条といえども、疲弊してきているのだろう。

播磨は己が手を見下ろした。震えが止まらない。

父の忠告が頭をよぎった。だが、やらないわけにはいかない。

一度固く拳を握りしめ、敷地内に浮遊する悪霊を祓おうとした。

が、片膝をついてしまう。落ちそうになる瞼を必死に持ち上げるその視界に、安庄の面がかすかに上がるのが映った。

「ふ、ふざけ、やがって、このまま終わる俺じゃないんだよ……ッ」

その手には、重ねた呪符で封をされた小ぶりな壺《つぼ》がある。それが手ごと地面に叩きつけられた。

爆発するように瘴気が拡散し、ふたたびあたりが闇に包まれた。

そして、その中心に黒い巨人が立っている。

「あの男、どこまで足掻《あが》くんだ……！」

地に両手と両膝をつけた播磨が見上げるはるか彼方で、二つの赤い眼光が光った。

同じ頃、敷地外でも葛木が顔色を蒼白《そうはく》にしていた。

自らも式神もずぶ濡れだ。それでも式神は、悪霊を喰らおうとしている。

いくら食いしん坊の式神とはいえ悪霊を喰らい続けることは不可能だ。喰らう速度が落ちており、限界も近い。できればやめさせたい。

けれども悪天候の今、呪符は使い物にならないため、式神に頼らざるを得なかった。

「やっと祓ったっつーのに、また大量の悪霊を放つとか、なんの冗談だよ……っ」

夜かと見紛うほどに暗くなる中、クジラとペンギンを抱えつつ、街路樹まで後退した。

最初に敷地内からあふれ出た悪霊は、一条の活躍もあってほぼ祓われていた。あと少しで祓い終えそうになった頃だ、悪霊が飛び出してきたのは。しかも数が増していた。いまなお果敢に祓っている一条の後ろで、堀川は木にもたれている。青ざめて震えているのは、霊力が残りわずかとなった証だ。

葛木がその姿を見やった時、横手から獣型の悪霊が襲いかかってきた。その横っ腹に反対方向から泳いできたサメが喰らいつく。

だが、呑み込んで祓うことは叶わなかった。

悪霊の首が長く伸び、サメの頭部に牙を突き立てた。

「一号！」

葛木の叫びと突風が吹いたのは同時であった。

サメを咥え込み、首を横へと振りかけた悪霊が一瞬にして蒸発するように姿を消した。

なぜ祓われた。いったい誰が、どうやって。

そう疑問に思うも葛木はサメを抱え込み、裂けてしまった表皮をつかんだ。

「よ、よかった」

ひとまずこれで綿の流出は防げるだろう。サメも己が命の危機を理解しており、微動だにせず眼だけをキョロキョロ動かしている。

安堵の息を吐いた葛木は、キンと甲高い音を耳にした。

振り仰いだその目は見た。

降りしきる雨など物ともせず、いくつもの紙片がこちらへ一直線に向かってくるのを。

「あれは、播磨家専属の符術師のモノか……！」

播磨一族が幾度も近くで使用するおかげで知っていた。その符から高く澄んだ神の音色が聞こえることを。

「はは、すげぇ」

その祓う効果の絶大さには、笑うしかなかった。

まだ辛《かろ》うじて紙片だと認識できる距離にもかかわらず、敷地外の悪霊および瘴気もすべてなぎ祓われてしまった。

複数の護符は、まさに突撃する体《てい》で木戸門から敷地内へと侵入していった。

「なんで和紙が濡れもせず、折れも曲がりもせず、整列して門から入っていくんだよって、ツッコむべきか？　それとも行儀がいいなと褒めるべきか？」

『小鉄兄ちゃん、細かいことは気にすんなって』

と式神三体から言われた葛木は強風にあおられ、目をつぶった。

実のところ、風の精たちによって運ばれた湊の護符は、その数と効力も大半を失っていた。方丈町北部の楠木邸で湊に護符を託され、南部を経て泳州町に至る間にも悪霊と瘴気を祓い続けてきたせいである。

せっせと風の精たちによって運ばれ、効果を失うと一体、また一体と離脱していき、いまや五体――五枚となっている。

それらが敷地内に侵入し、四つん這いになった播磨の頭上を過ぎた時、また一体の風の精が脱落。そびえる巨人の悪霊の右腕をかすめて祓った一体も離れ、左脚を消滅させた一体も空へと戻っていった。

一本足になった悪霊が膝をつき、片手を地面につけようとしたところに護符が叩きつけられ、腕もろとも四散した。

が、悪霊はしぶとい。

蛇めいたその身をうごめかせて地面を這い、播磨を呑み込まんと大口を開けた。その喉へと最後になった護符が風の精によって射出。黒い後頭部を突き抜け、立ち上がりかけていた安庄の頬をかすって、壁に刺さった。

血の流れる頬を押さえる安庄が悲鳴をあげ、悪霊は木《こ》っ端《ぱ》微塵《みじん》に吹き飛んだ。

風が吹き荒れ、播磨は腕で顔面を庇《かば》う。風の勢いが弱まるや、その目を開けた。

いつの間にか雨はやんでいた。水浸しの地面に、無数の元紙片であった物が散らばっている。

その中に、形を保ったままの和紙が数枚ある。いずれも見覚えがあった。己が湊に渡した物だ。

もちろんそれを見るまでもなく、今し方の悪霊は湊の護符によって祓われたのは理解していた。紙片から発せられていた、かの翡翠の色を見紛うはずもない。

「――不自然な風に、あの護符の軌道。おそらく風の精霊が運んできてくれたんだろう……」

そうとしか考えられなかった。湊が風の精と戯れるのを目撃していたからこそ、気づけた。

湊が彼らに護符を運ぶよう頼んでくれたのかもしれない。

播磨はよろめきつつ立ち上がり、空を仰いだ。

厚い雨雲は楠木邸のある方角を避けるように移動しており、そちらは晴れている。緑鮮やかな御山へと向かい、播磨は黙禱《もくとう》をするように両目を閉ざした。

○

「お〜、終わった終わった〜」

広大な瓦屋根の上に座した若者が快活な声をあげ、手を打ち鳴らした。

高らかな音が響くそこは、泳州町の外れ――小高い山の中腹に建つ寺院である。

ひときわ大きな本堂の上にあぐらをかく若者――鞍馬は、陰陽師たちの悪霊退治を遠巻きに眺めていた。

彼は特殊な目を持つため、湊の祓いの力の色が視えていた。

おかげで方丈町北部から飛んできた翡翠色の光の集合体が黒い霧を払い、もとい祓っていく様子をあますことなく見学できた。運よく雨雲も反れてくれたので、濡れることもなく、まさに高みの見物であったといえよう。

「ちょっとヒヤヒヤしたけど、最後の一枚だけは対象に当たらないと祓えないやつだったんだろうな」

徐々に光の明るさが落ちていき、範囲も狭くなっていっていた。

「いや～。それにしても、くすのきの宿の守護神サマの力、半端ねぇな。葛木の爺さんもとんでもなかったけど――」

数体の悪霊がこちらへ飛んでくるのを目にし、鞍馬は言葉を止めた。おもむろにその手に持つ一刀を横にないだ。悪霊らは寺内に到達することもなく上下二つに分かれ、倍の数になって叫びつつ消えていく。

それを見ることもなく、鞍馬は刀を肩に担いだ。その至極色の刀身が曇り空のもと、鈍く光る。

「世の中まだまだ強いやつはいるんだろうなぁ」

歌うようにつぶやくその顔が綻んだ。

「こらー！　鬼七《きしち》ー！　本堂の上から下りろー！」

だが下方から罵声を浴びせられ、一気にしかめられた。

見下ろせば、五人の僧侶がいる。己とよく似た顔が五つ並んでいるのは、いつ見ても微妙な気持ちにさせられる。

「うっせぇよ、兄貴ども。誰のおかげで実家《ここら一帯》が無事で済んでると思ってるんだ」

口をほとんど動かすことなく、声もあまり出さず愚痴をこぼした。

「そんなところでおもちゃの刀を振り回すやつがあるかッ！」

「おもちゃじゃありませぇーん。刃は潰れてるけど立派な呪具でぇーす」

言っても無駄なため小声だ。

兄たちは僧侶でありながら、いや僧侶ゆえか、悪霊の存在に懐疑的だ。認識できないがゆえに致し方ないともいえる。

その中にいない還俗《げんぞく》した五男だけは、悪霊を認識できるからわかってくれるのだけれども。

「ひさびさに会えるかと思って、わざわざいづも屋まで出向いたのにいなかったし……。どこかに買いつけに出かけたんだろうけど、なにもオレが帰って来た時にいかなくてもいいじゃんか……」

拗ねたようにつぶやき、喚き続ける兄弟たちに目もくれず遠くの下界を見渡した。雲の隙間から放射する光に照らされた町並みは、どこにも悪霊も瘴気の気配すらなかった。

○

——ちりん！

縁側の縁に腰掛けていた湊の頭上で、風鈴が高らかに鳴った。

間髪いれず敷地内に風が吹き込み、その横髪がゆれる。

「悪霊、ぜんぶ消えた！」

「泳州町、キレイ、キレイ！」

風の精からの情報を聞くや、湊の相貌は和らいだ。

彼らに護符を託したとはいえ、気が気ではなく、ずっと泳州町方面を眺めていたのであった。

泳州町を覆っていた雨雲が訪れた時と同様、急速に去っていくのを見ながら、湊は風の精を労う。

「そっか。ふたりとも伝えてくれてありがとう、お疲れ様でした」

手をかざすと、風の精二体がその周りをくるくる回り、ふたたび空へと舞い上がった。

笑い声とともに小さくなっていく彼らを、座布団に伏せた山神が見送った。

「ほんに人使いの荒い精霊らよな」

「まぁ、そうかもだけど……。知らせてくれたのは助かったよ。——正確な顚末《てんまつ》はわからなかったけど」

苦笑いしながら、湊はスマホを手に取る。播磨へのメールをしたためる様子を視界の端で捉えつつ、山神は大あくびをかました。

第12章 魅力あふるる方丈山

青葉が茂る御山にて、祠《ほこら》の前で湊と山神が佇んでいる。

月に一度の清掃を終えた湊の手には、一つの石がある。それを山神へと向けた。

「山神さん、この石でいい？」

「どうでもよき」

「山神さんの代わりなんだから妥協しないでよ」

祠にはもともと三個の石が安置されていたのだが、そのうちの一個は割れていた。

この先、多くの人の目に触れるのならば、割れていては格好がつかないであろうと渓流で石を拾ってきていた。

三つあった石は古来、自然物に神が宿るとされてきた名残と思われるが、この国の民は今なお信じている者も少なくない。湊はその気持ちを汲んで、石を置こうとしているのだが、ご本尊はまるで興味を持っていなかった。

「なにもわざわざ増やさんでもよかろう。石ころなぞ一個でも十分ぞ」

「ダメだよ。もともと三個だったんだから三個にしておかないと。なにか意味があるのかもしれないし」

湊は時折、やけに頑固さを発揮する時がある。

そうして新たに仲間入りを果たした石は、サイズも色合いもなんの違和感もなく他の二個に馴染んだ。

「いい感じ。昔からここにあったみたいだ」

湊が満足そうに頷く傍ら、山神は大あくびをした。


祠をあとにした湊と山神が丸太階段を下っていると、若い登山客たちとすれ違った。

「こんにちは」

「こんにちは〜」

にこやかなあいさつを返してくれた二人は、自ずと大狼を避けて階段を上っていく。一人が指で下方を指し示した。

「見てあれ。すごい大きな石がある」

「ほんとだ。なんかあれさ、漬け物石っぽくね？」

階段を下りきった湊が、音のする勢いでかえりみる。

デン！　と木立の前に巨石があった。

突如現れた見覚えのあるそのフォルムは、古狸が化けている違いない。しかもご丁寧にしめ縄まで巻いてある。

何かをよからぬことをしでかさないかと湊がハラハラする中、その石が妙な動きをすることはなく。

「漬け物石ってなによ、たとえが古すぎでしょ。今どきそんな石、どこの家にもないよ」

「それもそうか。なら温石《おんじゃく》っぽい」

「ますます伝わりづらいよ。君、いつの時代の人なの」

登山客たちは笑いながら、階段を上っていった。

見届けた湊は、ほっと息をついた。

「かまって古狸さん、よく我慢できたね」

「あやつもほんにアホよなぁ」

山神の呆れ声が山間に響くと、漬け物石めいた巨石がわずかに浮いた。

緑のトンネルを歩いていれば、今度は複数の中年男と出くわした。

全員、山登りスタイルで、一眼レフを構えている。

道脇に離れて立つ彼らはそれぞれ別方向へとレンズを向けており、その間を湊と山神が通っても誰一人、気にする素振りすら見せない。

みなぎる緊張感に湊はつい忍び足になった。

途中、一つのカメラが狙う先を湊も注視すると、木の枝でアカモズが羽づくろいをしていた。

「珍しい、はじめて見た……」

思わずつぶやいてしまい、山神ともども早足でその場を離れた。

なだらかに下る登山道を歩みながら、湊は口を開く。

「ここには希少な被写体がいっぱいいるから、撮りたくなる気持ちもわかるな」

「ぬぅ、人間はほんに見慣れぬ動物が好きよな。ここのところ、それら目当てに訪れる者らが増えよったわ。昔はおらんかったモノらが、とみに増したことも一因であろうが」

「動物たちは、自分の長のそばにいたいらしいね」

「左様。ゆえにお主の家側に新参モノが集まっておるぞ」

「そ、そうなんだ」

他愛ない会話に興じていると、かずら橋に着いた。

以前の朽ちかけた見るも哀れな姿とは違い、ゆるぎなく向こう岸に架かっている。

その姿は、非常に頼もしく見えた。

現在のかずら橋はワイヤーも用いられており、耐久性が上がっている。それでも三年ごとに修繕を行わなければならない。

今後の課題ではあるが、ひとまずいまはかずら橋の完成を喜んでおくべきだろう。

湊は手すりに手を添え、慎重な足運びで橋を渡る。

吹き抜ける風、ゆれる足場、音量を増す渓流のせせらぎ。もう何度も渡っているが、かつての越後屋のように走り抜けようという気にはならない。

「やっぱり踏み板の隙間から川が見えるのは、ちょっと怖いね」

「うむ。己が身一つで飛べぬ人間は、より恐怖を感じような」

後ろを歩む山神は通常運行である。優雅なる歩みで板を踏み外すことなく渡る。

「山神さんは、空を飛べるの？」

「お茶の子さいさいぞ。まぁ、飛ぶではなく駆けるであるが」

「あ、そうだった。天狐さんと空中戦をしていたね。おっとっ」

橋が大きくゆれ、湊は手すりを握りしめた。

振り返ると、橋の中央にいる山神の背毛が逆立ち、太い四肢がかずら橋を踏みしめている。

その喉から発せられる唸り声が増すたび、その身を覆う神気も高まってゆらめき立ち上る。

荒ぶっておられる。

相変わらず天狐の話題は山神の逆鱗《げきりん》に触れるようだ。

このままであれば、かずら橋が危うい。

「場所を考えなかった俺も悪い……。山神さん、申し訳ありませんでした」

どうかお鎮まりくだされと心を込めて謝罪するや、山神は鼻息一つで神気を散らした。

「――いや。この程度で気を荒ぶらせるなぞ、我も精進が足りぬわ」

うつむきがちな山神とともに、無事に対岸へたどり着いた。

登山口も間近に迫った所で、またも登山客の団体と出会った。登ってくる全員の衣服と持ち物はすべて真新しく見えた。

その一行とあいさつして行き過ぎたのち、湊は小声で話す。

「いまの人たち、いかにも山登り初心者って感じだったね。最近登山とか山でキャンプとかが流行《はや》ってるせいかな」

「かもしれぬな。よく地域情報誌にも特集が組まれておるゆえ」

「ご存知でしたか。それもそうか。山神さんは和菓子記事以外もしっかり目を通すからね」

和菓子記事担当者以外の記者たちも歓喜するであろう。

「きっと、これからもどんどん御山に人がくるだろうね」

湊は横目で白き御身を見た。

昼日中であれ薄暗い山の中であれ煌めきを放ち、浮かび上がるその姿は以前となんら変わらない。

かずら橋が完成してまだひと月も経っておらず、目に見える変化は現れていなかった。

ただ少しだけ、山神の睡眠時間が短くなったように思えた。先ほど荒ぶりかけた際の神気も、以前より濃くなったような気もする。

ささいな変化にすぎないが、いい傾向であろう。

わずかずつでもいい、山神の力が増すのならば。

「もっと山がにぎやかになるといいね」

「――やかましいのは勘弁ぞ」

素っ気ない口調ではあったもののその足取りは軽く、尻尾もゆれていた。

山神と連れ立って楠木邸に戻ってきた湊は、驚きの声をあげた。

「うわ、いっぱい来てる！」

家を中心にして何羽《わ》もの大型の野鳥が飛び交い、敷地外のクスノキにも数多の小鳥の姿があった。

彼らは己が長である鳳凰のご機嫌伺いに訪れていた。近隣の鳥以外にも、遠路はるばるやって来た鳥も多い。

湊の姿に気づいた野鳥軍団が一斉に鳴き、大合唱が木霊する。

「みんな、ちょっと待ってて」

慌てた湊は小走りで裏門をくぐった。

野鳥たちは理解している。ここの管理人が在宅で、なおかつ鳳凰が起きているのならば、敷地内に入れてもらえることを。

「あ、鳥さん起きてるね」

――ちりん。

その声と風鈴の音がすれば、神域が開放。箱の蓋が左右へ開くように空間が広がっていくそこへ、野鳥が殺到する。

そんな中、敷地外のひときわ高いクスノキの先端に止まった漆黒の鳥だけは、動かない。

その身と同色の眼で、石灯籠から羽ばたく鳳凰を見下ろしている。

我先にと敷地内へ舞い降りる同族とは異なる温度のない眼で、野鳥に囲まれる鳳凰を見つめている。

――シュン、と大気を斬り裂く音が鳴った。

野鳥の頭部を金色《こんじき》の矢が貫いた。

漆黒の身が紙片へと姿を変え、矢とともに燃え上がる。

一瞬にして消し炭と化し、落下する途中、自然の風にまかれて彼方へと流されていった。

それを光の矢を放った山神が、冷然たる眼で眺めていた。

「我の所に式を寄越すなぞ、身のほど知らずもはなはだしいわ」

その白き御身をうっすら放電が覆った。

山神は対岸の火事なら眺めてやり過ごすが、己に降りかかる火の粉は全力で払う性質である。

両眼を眇めた大狼が身を翻す。打ち払うように尻尾を大きく振り、裏門へと歩を進めた。

その身が裏門を越えるや、格子戸がひとりでに閉まっていく。

ぴしゃりと固く、強固にその門戸が閉ざされた。

六巻をお手にとっていただき誠にありがとうございます！

ついに（？）山神の名を出してしまいました。

「山神の名はつけぬ！」と謎のこだわりを貫いてきましたが、他の山の神を出してしまったので、やむなく与えました。

が、ただ方丈町の名前を山の名にしただけという。手抜きがひどい。しかしまぁ、便宜上ということで一つよろしくお願いします。

これから先も湊は『山神さん』以外の名で呼ぶことはありませんので。

ではでは恒例の小話をどうぞ。

◆本編後の陰陽師たち

昨日、事の元凶であった安庄をしかるべき相手に任せた陰陽師たちは、それぞれ別場所へと赴こうとしていた。

二台の車の間に、葛木と播磨が立っている。

「じゃあ、またな」

快活に告げた葛木の腕には、式神のサメが抱えられている。

大口を開けて頭部と尻尾をゆらめかせており、ずいぶんご機嫌そうである。

昨日悪霊に引き裂かれた表皮は葛木によって修復され、乾いたその身もやわらかそうだ。

「はい。では、道中お気をつけて」

播磨とサメは時折、否、そこそこの頻度で、車の乗降の順番や席の取り合いをして揉めるが、険悪な関係というわけではない。

サメが死にかけたと聞いて心配していた。

ねぎらいの意味を込め、サメの頭をなでようとしたら、ガブッと喰らいつかれた。

半目になって見つめようと、ガジガジとなお一層嚙んでくる。所詮ぬいぐるみのため、痛くはない。

「一号が甘嚙《あまが》みするのは、他人ではお前さんだけなんだぞ」

笑顔の葛木が告げた。

「毎回思うんですが、これは結構本気で嚙みついていますよね」

「いや、全然。痛くないだろ？　やろうと思えば人間を傷つけることもできるからな」

寝耳に水であった。驚く播磨の手を咥えたままサメが嗤う。

『甘えてるんじゃないよーだ。播磨の坊の手は嚙み心地《ごこち》がいいから、つい嚙みたくなんの』

式神の言葉を葛木が伝えることはない。オトナゆえ。

「詩織《しおり》、乗れよ」

一条の声が聞こえ、播磨と葛木が横を見やると後部座席のドアを開けて、堀川を促していた。

レディファーストなぞ昔と真逆の立ち位置で、播磨は思わず二度見した。人に傅《かしず》かれるのが当然と思っている――実際傅かれてきた一条でもそんな真似ができようとは驚きでしかなかった。

つい横目で見ていると、堀川は断るでも恐縮するでもなく、当然のように車に乗り込み、一条が続いた。

「――あのお二人さん、いつの間にか立場が逆転しちまったようだな」

葛木は一切知らなかったようで、度肝を抜かれている。

「そのようですね」

一方、播磨は知っていた。身内が情報通だらけのため、知りたくもない噂まで耳にせざるを得ないことも多い。

「しかも名前呼びかよ……。おっさんびっくりだわ」

「頑《かたく》なにお前呼びでしたからね。まずはそこからなのかとも思いますが」

「まぁ、二人の仲が進展したようには思えんけどな……」

こそこそとささやき合う二人の前を件《くだん》の二人が乗った車が横切っていく。堀川が会釈しようとも、一条の方はこちらを見ようともしない。

昨日の件で、長年のわだかまりが解消したかに思われたが、そんなことはなかった。普段通りであるが、むしろホッとする。

通りを曲がっていく車が向かうのは、昨日赴いた泳州町方面だ。

そちら側の空と町並みを見ても、瘴気の欠片すらない。

しかし播磨は妙な引っかかりを感じていた。あれで本当に終わったのだろうかと。

とはいえ、いつまでもこの地に滞在しているわけにもいかない。他にも悪霊がはびこる地は多々あるのだから。

サメが咥えていた播磨の手を離すと、葛木はその頭をなでた。

「んじゃあ、俺もいくわ」

「はい」

葛木が乗車し、振り返った播磨も背を屈め、車に乗り込む。

ブツッ。靴紐《くつひも》が切れた。

そんなバカな。靴はまだ新しいのに。

——不吉だ。

そう思うも、ひとまず席に腰を落ち着けた。信心深い父の影響を多分に受けて育ったせいで動揺するも、表面には出さない。

「では、出発しますね」

「——ああ、頼む」

運転手に答え、眼鏡を押し上げる。

が、徐行したすぐであった。

「うわっ」

ボトッとフロントガラスに鳥の糞が落ちてきた。広範囲に広がり、運転手が急ブレーキを踏んだ。

——不吉さ倍増だ。

胸騒ぎを抑えるべく、播磨は眼鏡を外して拭く。
パキン。レンズが割れた。
「なん、だと……。あまりに不吉すぎるではないか……！」
とにかく落ちつかねばならぬ。
深呼吸を繰り返し、震える手で手持ちのバッグから予備の眼鏡を取り出した。
六巻を刊行するにあたり、ご尽力いただいた関係者の皆様、心より感謝申し上げます。

神《かみ》の庭《にわ》付《つ》き楠木《くすのき》邸《てい》6

著者／えんじゅ

イラスト／ox

2024年1月17日　初版発行

発行者／山下直久
発行／株式会社ＫＡＤＯＫＡＷＡ
〒102-8177　東京都千代田区富士見2-13-3
0570-002-301（ナビダイヤル）
印刷／図書印刷株式会社
製本／図書印刷株式会社

【初出】……………………………………………………………………………………………………
本書は、「小説家になろう」に掲載された『神の庭付き楠木邸』を加筆・修正したものです。
※「小説家になろう」は株式会社ヒナプロジェクトの登録商標です。

ⓒEnju 2024
ISBN978-4-04-915363-7　C0093　Printed in Japan

●お問い合わせ
https://www.kadokawa.co.jp/（「お問い合わせ」へお進みください）
※内容によっては、お答えできない場合があります。
※サポートは日本国内のみとさせていただきます。
※Japanese text only

※本書の無断複製（コピー、スキャン、デジタル化等）並びに無断複製物の譲渡及び配信は、著作権法上での例外を除き禁じられています。また、本書を代行業者等の第三者に依頼して複製する行為は、たとえ個人や家庭内での利用であっても一切認められておりません。

※定価はカバーに表示してあります。

読者アンケートにご協力ください!!

アンケートにご回答いただいた方の中から毎月抽選で10名様に「図書カードネットギフト1000円分」をプレゼント!!

■二次元コードまたはURLよりアクセスし、本書専用のパスワードを入力してご回答ください。

https://kdq.jp/dsb/

パスワード
n54hu

●当選者の発表は賞品の発送をもって代えさせていただきます。●アンケートプレゼントにご応募いただける期間は、対象商品の初版発行日より12ヶ月間です。●アンケートプレゼントは、都合により予告なく中止または内容が変更されることがあります。●サイトにアクセスする際や、登録・メール送信時にかかる通信費はお客様のご負担になります。●一部対応していない機種があります。●中学生以下の方は、保護者の方の了承を得てから回答してください。

ファンレターあて先

〒102-8177
東京都千代田区富士見2-13-3
電撃の新文芸編集部

「えんじゅ先生」係
「ox先生」係

この物語はフィクションです。実在の人物・団体等とは一切関係ありません。

おもしろいこと、あなたから。

電撃大賞

自由奔放で刺激的。そんな作品を募集しています。受賞作品は「電撃文庫」「メディアワークス文庫」「電撃の新文芸」などからデビュー！

上遠野浩平(ブギーポップは笑わない)、
成田良悟(デュラララ!!)、支倉凍砂(狼と香辛料)、
有川 浩(図書館戦争)、川原 礫(ソードアート・オンライン)、
和ヶ原聡司(はたらく魔王さま！)、安里アサト(86－エイティシックス－)、
瘤久保慎司(錆喰いビスコ)、
佐野徹夜(君は月夜に光り輝く)、一条 岬(今夜、世界からこの恋が消えても)など、
常に時代の一線を疾るクリエイターを生み出してきた「電撃大賞」。
新時代を切り開く才能を毎年募集中!!!

おもしろければなんでもありの小説賞です。

大賞…………正賞＋副賞300万円
金賞…………正賞＋副賞100万円
銀賞…………正賞＋副賞50万円
メディアワークス文庫賞…………正賞＋副賞100万円
電撃の新文芸賞…………正賞＋副賞100万円

応募作はWEBで受付中！　カクヨムでも応募受付中！

編集部から選評をお送りします！

1次選考以上を通過した人全員に選評をお送りします！

最新情報や詳細は電撃大賞公式ホームページをご覧ください。

https://dengekitaisho.jp/

主催:株式会社KADOKAWA